: 그의 직장 성공기

Holic
: 그의 직장 성공기 5

초판 1쇄 인쇄일 2015년 12월 16일 | **초판 1쇄 발행일** 2015년 12월 20일

지은이 복면작가 | **펴낸이** 곽중열 | **담당편집 팀장** 이범수
편집부 신연제 이윤아 김호성 김은경

펴낸곳 (주) 조은세상 | 출판등록 제 2002-23호
주소 경기도 연천군 미산면 청정로 1355
TEL 편집부 02)587-2966 | FAX 02)587-2922
e-mail bukdu@comics21c.co.kr

ISBN 979-11-5832-375-2 | ISBN 979-11-5832-294-6(set) | 값 8,000원

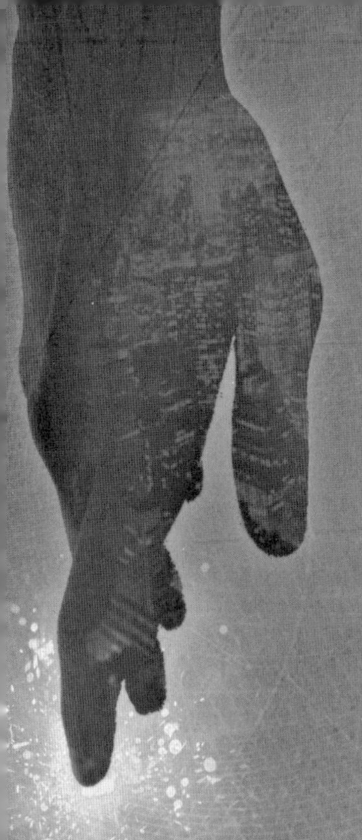

: 그의 직장 성공기

HOLIC

복면작가 현대 판타지 장편소설

NEO MODERN FANTASY STORY & ADVENTURE

CONTENTS

NEO MODERN FANTASY STORY & ADVENTURE

101회. I am a Korean … 7

102회. 금고 속에는 무엇이 … 20

103회. 다섯 개의 금고 … 32

104회. 갓 넘버 세븐틴 … 46

105회. 약속 … 58

106회. 근황들 … 71

107회. 재권이 원하는 것 1 … 83

108회. 재권이 원하는 것 2 … 95

109회. 설날 … 106

110회. 막내의 권위 … 118

111회. 찜질방에서 … 130

112회. 아프리카코끼리 코 … 142

113회. 글로벌 그룹 … 154

호리

: 그의 직장 성공기

114회. 의문을 남기다 … 166

115회. 세이프 러버 … 177

116회. 이것이 인간관계다 … 190

117회. 수수께끼 … 201

118회. 그의 결혼식 1 … 213

119회. 그의 결혼식 2 … 225

120회. 새로운 캐릭터 … 237

121회. 그들의 정체 … 250

122회. 웃음의 의미 … 263

123회. 의심 … 275

124회. 바지사장 … 287

125회. 우욱 … 299

101회. I am a Korean

신지석은 요즘 꽤 바빴다.

글로벌 무역상사에 스파이가 없다는 사실은 그를 발로 뛰게 만들었다.

또한, 정보 습득도 늘 한 박자 늦었다.

지금도 마찬가지다.

재권과 민호의 스위스 휴가를 입수하고 가는 발걸음이 무겁기 짝이 없었다.

조금 전 출국한 건 알아냈지만, 출국 이유에 대해서는 전혀 몰랐기 때문이다.

그래서 회장실 문을 똑똑, 하고 두드리는 그는 자신감을 잃었다.

거기다가 들어가자마자 자신을 보는 뱀눈에 부르르 떨었다.

"저…."

"……."

"안재권이 김민호와 함께 스위스로 출국했습니다."

"……!"

신지석의 보고에 안재현은 늘 무표정하게 반응했다. 하지만 지금은 눈을 부릅떴다.

"스위스? 무슨 일로?"

스위스라는 말이 그의 본능을 자극했다.

안재현 역시 언젠가는 스위스 은행을 가야만 했기에.

"그게… 저…."

용건을 모르는 신지석. 그의 이마에 땀이 송골송골 맺히기 시작했다.

그걸 보면서 안재현이 벌떡 일어섰다.

이렇게 시간을 보낼 수는 없다고 생각한 것 같았다.

신지석을 재촉하는 목소리가 그것을 증명했다.

"스위스행 비행기 표!"

"네? 네, 네. 알겠습니다. 지금 바로 준비하겠습니다."

황급히 뛰어 나가는 신지석을 보면서 안재현은 회장실을 돌아다니기 시작했다.

왜 스위스일까? 혹시 그 녀석도 아버지, 안판석의 유서를 통해 비밀 금고를 받았을까? 자신이 받아야 할 것이 그

첩의 자식에게 가는 건 아닐까?

여러 가지 생각이 머릿속을 맴돌았다.

뚜벅뚜벅뚜벅.

회장실 안을 돌아다니던 그의 발걸음이 멈춘 곳.

큰 그림이 있는 장소였다.

안재현은 그것을 내렸다.

그러자 그의 눈에 벽이 보였다. 정확히는 벽에 붙어 있는 금고였다.

짜르륵, 짜르륵, 짜르륵.

안판석 회장의 버릇, 즉, 항상 이름 이니셜과 생년월일을 조합했던 비밀번호, PS270119.

안재현은 아직 그 번호를 바꾸지 않았다.

이유는 자신도 모르겠다.

언젠가 바꿀 거지만, 살짝 미련이 남았다.

달칵. 금고문이 열리고 현금과 달러, 그리고 보석까지. 그 이외에 통장들도 보인다. 여러 가지 비밀문서도 가득했다.

그중 하나를 꺼내 들었다.

안판석 회장의 유서였다.

마지막에 쓰여 있는 문구에 안재현이 눈이 꽂혔다.

– 스위스 은행 비밀번호. SS610110. 어머니를 믿어라. 가족과 화합해라. 그러면 얻을 게 더 많아질 것이다.

그의 눈살이 찌푸려졌다.

스위스 은행은 이미 다녀왔다.

비밀번호가 맞지 않는다고 했다.

그때 알았다. 이건 잘못된 비밀번호가 아니라, 부족한 비밀번호라는 것을.

안판석 회장은 늘 살아있을 때, 그에게 말했다.

두 어머니와 형제자매들을 포용하라고.

싫다. 그러긴 싫었다.

유서 중에 단 하나 지키고 싶은 것은….

'어머니를 믿어라' 였다.

⚜

민호와 재권, 그리고 유정과 유미는 스위스에 도착했다.

긴 여행시간이었다.

스위스에 도착해서 바로 호텔을 찾을 정도로.

굳이 개인별 방을 잡을 필요는 없었다.

2인 1실. 당연한 것 아닌가.

또 하나 당연한 게 있다.

"민호야, 그럼 좋은 밤 보내."

"네? 네, 형님…."

작년까지 결정력 장애가 있던 사람은 이런 일에는 과감했다.

얌전한 고양이 부뚜막에 먼저 올라간다더니, 왠지 모르

게 재권의 입꼬리에 야한 웃음이 매달려 있는 것처럼 보였다.

당연히 민호도 뒤질 수는 없었다.

옆에 있던 유미를 바라보니 이미 다 눈치챈 표정으로 가만히 시선을 피했다.

이럴 때에는 어색하지 않게 그녀를 유도하는 게 남자의 할 도리였다.

"가자, 유미야."

"응? 응…."

아까 본 유정의 눈빛과는 180도 다른 순종적인 모습.

그러나 방에 들어가서는 달랐다.

요즘 유미와 좋은 밤을 보낼 때, 가끔 그녀의 적극성과 저돌성에 놀라는 민호.

지금도 마찬가지다.

방에 들어가자마자 키스를 먼저 한 건 자신이지만, 놀랍도록 흡입하는 그녀의 입술에 호흡이 가빠왔다.

그녀의 양볼을 잡고 있었기에, 얼마나 달아올랐는지 확실히 느꼈다.

긴 비행시간이 젊은 그들을 지치게 할 수는 없는가?

뜨거움에 몸을 맡긴 두 청춘은 키스를 시작으로 호흡을 나누고 있었다.

그러다 입술이 떨어진 두 연인은 서로의 눈빛을 바라보았다.

정감 있는 신호, 애정 어린 눈길.

그런데 갑자기 유미의 입에서 나오는 소리에 민호는 웃고 말았다.

"샤워 안 해? 같이 해 줘?"

이 말투, 이 표정.

어떻게 잊겠는가? 그녀를 처음 만난 날 그녀가 프리미어 호텔로 데리고 가서 했던 말인데 말이다.

장난을 치고 싶었던 모양이다. 그래서 그녀가 원하는대로 그는 똑 같이 그때의 대사를 쳐주었다.

"아뇨, 아뇨. 진정하십시오."

"뭘 진정해? 여기까지 따라왔으면 마음먹은 거 아냐? 그러니까 하자. 하자고."

"네?"

"빨리 샤워해."

유미는 진짜로 민호를 욕실로 밀어 넣었다.

그리고 정말로 그의 옷을 벗겼다.

훌렁훌렁. 민호의 웃옷이 벗겨졌다.

허리띠까지 그녀의 손이 거쳐 갔다.

매우 능숙한 손놀림이었다.

그러다가 잠시 정지한 그녀.

"이쯤에서 오빠가 말해야지. 그만! 내가 벗을게."

유미의 붉은 입술에서 나오는 속삭임은 민호를 저 멀리 안드로메다로 이끌었다.

민호는 그녀의 손을 잡았다.

예전처럼 지긋이 그녀를 바라보며 눈을 마주쳤다.

그리고 그녀가 방금 말했던 대사를 그대로 해줬다.

"그만. 내가 벗을게."

"……."

"그러니까, 같이 샤워하자."

그때의 응용 판이다.

별안간 유미의 얼굴이 새빨개졌다.

민호의 심장은 터질 것만 같았다.

부정의 표시를 하지 않는 그녀를 민호는 조용히 샤워실 안쪽으로 이끌었다.

청춘은 뜨겁다.

그 열정으로 하룻밤 만리장성은 열두 번도 더 쌓을 수 있었다.

해외라서 그런지 오늘따라 민호 역시 폭주기관차처럼 달렸고, 생각보다 그녀의 더 적극적인 몸짓에 무리했는지 코까지 골면서 잠에 빠졌다.

꿈을 꾸었다. 아주 야한 꿈이었다.

그러다가 어렸을 때 TV에서 보았던 성교육 전문가 구성아가 나왔다.

그때 민호는 그녀가 교육했던 내용을 들뜬 기분으로 시청했었던 것 같았다.

여동생도 있어서 같이 보기 민망했었는데, 부모님은 당

신들이 성교육하기가 힘드니, 가족 모두 시청해야 한다고 그의 시선을 TV로 옮기도록 했었다.

(남성이 1회 사정할 때 방출되는 정자의 수는 수천만 개에서 2억 개 정도예요. 이 가운데 자궁을 거쳐 난관에 도달하는 정자는 100개 미만이며 이중 단 1마리만이 난포에서 발육한 난자와 결합해 수정란이 되는 거예요….)

구성아 아줌마는 어떻게 그 한 마디 한 마디를 생생하게 꿈속에서 자신에게 전달하는 것일까?

잠시 후 바뀐 화면에서 자신의 정자는 무언가를 향해 열심히 헤엄쳐 가고 있었다.

마지막으로 최종 승리를 거둔 정자의 얼굴에 눈, 코, 입이 그려지며 아기로 변하는 꿈.

그때 민호는 눈을 떴다.

어두웠지만, 커튼을 통해서 살며시 빛이 새어나온 것을 보니 아침이 밝아온 게 분명하다.

유미는 자신보다 더 피곤했는지, 옆에서 새근새근 잘도 자고 있었다.

그는 방금 꾼 꿈의 정체를 파악하느라 생각에 생각을 거듭했다.

한 번도 꾸어본 적은 없지만, 이게 혹시 태몽이 아닐까?

그러다가 고개를 세차게 저었다.

'설마….'

민호는 별생각을 다 한다고 여기며 헛웃음을 지었다.

그런데 오전 식사를 마칠 때까지 계속 이상한 생각이 머릿속을 떠나가지 않았다.

신기한 건 유미의 표정이다.

어쩌면 자신이 저런 표정을 짓지 않을까 생각할 정도로, 유미도 어떤 생각에 골몰하고 있었다.

그녀와 자신은 천생연분이기에 비슷한 꿈까지 꾼 걸까?

그럴 수도 있다. 그걸 확인해보고 싶지만, 옆자리에는 재권과 유정이 있었다.

오전인데 아주 진지한 이야기까지 하면서.

"김민호 씨 말대로 비밀번호가 맞는다면, 금고에 무엇이 있을까요? 분명히 현금은 아닐 테고…."

"글쎄…, 설마 보석일까?"

부부는 한 몸이라서 비밀까지 다 공유한 모양이다.

자신은 아직 유미에게 아무 말도 하지 않았는데.

그래서 유미는 눈을 동그랗게 뜨고 자신을 바라보고 있었다.

이미 본인들이 누출한 것이다.

민호는 그녀에게 짤막하게 여기에 오게 된 이유에 대해서 말하기 시작했다.

이야기를 다 듣고 나서 유미의 고개가 아래위로 끄덕여졌다.

"그럼 은행은 오늘 가는 거야?"

"응. 재권이 형이랑 유정 씨가 은행으로, 너랑 나는 본연의 임무에 충실해야지."

"본연의 임무? 출장 말하는 거지?"

"아니? 관광."

스위스는 관광의 나라 아닌가.

이럴 때 말고 언제 또 와보겠는가.

민호는 당연히 그녀와 여기저기 다닐 생각에 마음이 들떠 있었다.

"그래도 제약회사는 한 번 들려야 하는데… 윤 과장님께 보고서 올린다고 했단 말이야. 한국에서도 이곳 회사에 들른다고 미리 말해놨고."

"그래? 그럼 한 번 들려주지 뭐. 별거 아니야. 그 제약회사 근처에 관광지가 있나 찾아보고, 잠시 들려서 제약회사 분위기 좀 파악한 후에, 우리는 관광을 즐기면 끝! 어때?"

민호는 생각만 해도 즐겁다는 표정으로 유미에게 말했다.

그걸 보고 재권은 미소를 지었다.

"그래, 그래. 좋은 자세야. 어차피 한국 가서는 내가 다시 일에 푸우우욱 파묻히게 해줄 테니, 여기서는 아주 죽도록 놀아봐라. 하하하."

"당연하죠. 아주 죽도록 놀겁니다."

잠시 후에 진짜 죽도록 놀 듯이 민호는 유미를 데리고 나갔다.

이미 렌트해 놓은 차가 있었다.

네비게이션까지 장착되었는데, 민호는 아주 능숙하게 알아들었다.

어차피 현지인과의 대화가 불통이지도 않았다.

영어도 잘했고, 조금만 더 있게 된다면, 스위스에서 사용하는 프랑스어 독일어, 이탈리어도 못 알아듣지는 않을 테니.

"자, 그럼 출발할까요?"

"고고씽~!"

민호의 말을 밝고 명랑하게 받는 유미.

둘의 비즈니스 여행이 시작되었다.

목적지는 타미플루를 생산하는 스위스 제약회사 〈모슈〉.

민호가 묵고 있던 호텔에서 1시간밖에 걸리지 않았다.

모슈 본사 주차장에 도착했을 때, 민호는 그녀의 안전띠를 풀어주며 말했다.

"최대한 일찍 끝내자."

"응, 차에서 기다려."

"아니, 나도 나가야 해. 잠시, 난 화장실 좀."

유미는 미소를 지으며 고개를 끄덕였다.

차에서 내려 엘리베이터에 탄 그녀.

유미의 목적지는 3층, 민호는 어차피 화장실이라서 같은

3층에서 내리기로 마음먹었다.

3층에 도착해서 민호는 화장실로 들어갔다.

아까부터 작은 일(?) 보고 싶던 걸 참았기에 얼른 꺼내는데, 그는 살짝 놀라고 말았다.

원래 사이즈가 아니었다.

놀라고 있는 사이에 누군가 옆에 나가왔다.

자신도 모르게 다가온 사람을 쳐다보았는데, 시커먼 흑인이었다.

늘 그렇지만 이런 상황에서는 어쩌다가 남의 무기(?)에 눈이 간다.

흑인은 아주 당당했는데, 그럴만했다. 훌륭한 무기를 지니고 있으니 말이다.

그 당당한 시선을 민호 쪽으로 향하는 밤색 피부의 사나이.

눈빛에는 '뭐야, 동양인이네. 그럼….' 이라는 깔보는 생각이 숨어 있는 것 같았다.

그러나!

갑자기 커진 그의 눈. 그 후에 나오는 질문.

"Are you a Chinese?"

"Nope."

민호는 지퍼를 다시 닫으면서 당당하게 세면대로 갔다.

그 역시 지퍼를 닫고 다시 와서 물었다.

"Are you a Japanese!"

"Never!"

"????"

"I am a Korean!"

오늘 민호는 국위선양을 했다.

102회. 금고 속에는 무엇이

밤색 피부의 사나이, 질드레는 상당히 기분 나빴다.

처음 보는 동양인에게 지다니.

한 번도 경험해 보지 못한 패배감이었다.

한국인에 대한 강한 인상이 박혔다.

그러나 이대로 패배감에 젖을 수는 없었다.

그는 비릿한 미소를 지으며 민호에게 물었다.

"혹시 수술한 거 아니야?"

"……."

민호는 대답할 수 없었다. 당연한 일이다. 질드레의 입에서 나오는 말은 프랑스어였으니까.

대신 머릿속에 입력했다.

그가 무슨 말을 하고 있는지. 다 기억해놓고 나중에 어떤 말을 했는지 알아봐야겠다고 생각했다.

어차피 스위스에서의 공용어는 프랑스어, 독일어, 이탈리아어다.

영어도 곧잘 사용하니, 스위스에 다중 언어자들은 꽤 많았다.

2002 신화를 세운 히딩크 감독도 언어 능력이 특화된 사람 아닌가.

아직도 민호의 머리에는 그가 했던, 'I' m still hungry.'라는 말이 울리고 있었다.

그 말이 민호의 신조이기도 했다. 늘 배고프다. 최고를 향해 전진한다.

그 누구에게도 지고 싶지 않았다. 사업도, 사랑도, 그리고 무기(?)도.

당연히 승리감에 젖은 얼굴로 밤색 사나이, 질드레가 뭐라고 떠들든 말든 당당하게 쳐다보았다.

몇 마디 더 중얼거린 질드레는 여전히 자기 위안을 하면서 화장실 밖으로 나갔다.

민호도 볼일이 끝났으니 유미를 기다리기 위해서 사무실 밖에 비치된 소파에 앉아 있었다.

자신의 행동을 주의 깊게 보는 질드레.

민호는 그의 시선을 깨끗이 무시했다.

그러자 그는 또 자신에게 뭐라고 중얼거렸다.

"아무리 그래도 키는 내가 더 크다, 이 조그만 놈아. 거기다가 영어만 할 줄 알지? 난 4개 국어가 가능해. 머리도 나쁘게 생겼네. 하하하."

질드레는 급기야 자기만족의 극점까지 다다르며 웃기까지 했다.

그 모습을 본 그의 동료가 마침 사무실에서 나오자 그에게 물었다.

"질드레, 여기 있었어? 한참 찾았네. 뭐 좋은 일 있어?"

"응? 응. 아니야. 그냥…. 그런데 왜?"

질드레를 이상한 눈으로 쳐다본 사람은 금발 머리를 한 남자, 뮈랑은 잠시 민호에게 시선을 주었다.

그러고 나서 낮은 목소리로 질드레에게 말했다.

"여기서는 이야기하기 좀 그런데…."

둘은 프랑스어로 의사소통하는 걸 제일 편하게 생각하는 회사 동료들이다.

뮈랑은 외부인인 민호가 들으면 안 될 이야기라고 생각했는지, 다른 곳으로 가자는 신호를 했다.

하지만 질드레는 오늘 자기 위안의 폭주 모드였다.

"괜찮아. 이 동양인 영어만 할 줄 알아. 아까 내가 온갖 욕을 했는데, 하나도 못 알아들었어."

"그래? 그래도…."

"네가 한번 해 봐. 무슨 말이든… 저 자식과 관련된 말을 하면 반응이 있을 텐데, 전혀 없을걸?"

뮈랑은 도대체 이 친구가 왜 이러나 생각했다.

하지만 곧 질드레의 성격이 원래 이렇다는 걸 잘 알고 말하기 시작했다.

"아, 너 성격 좀 고쳐라. 저 동양인이랑 무슨 일 있었냐? 뭐에 지기만 하면, 승부욕 발동해서 꼭 이상한 짓 하더라."

"됐으니까, 빨리 용건이나 말해. 난 오늘 저 동양인이 못 알아듣는 말을 여기서 반드시 해야겠어. 눈만 뒤룩뒤룩 굴리는 저 표정! 얼마나 좋아? 안 그래? 하하하하하."

그는 비웃음을 가득 담았다. 점점 자존심이 힐링이 되는 것 같았다.

결국은 고개를 흔들며 뮈랑이 말했다.

"신약 이야기야. 이거 어떻게 해야 할지. 이게 그 노인의 회사랑 공동 연구한 거잖아."

"아, 그 몇 개월 전에 죽었다는 노인? 자식들이 경영권 싸움이 붙어서 신약 특허에 관심도 없다는 내용이잖아."

"응. 그런데… 관심도 없는 게 아니라, 아예 모르는 거 같아. 이건 터트리면 돈이 되는 건데, 이렇게 가만히 있을 수 있나?"

민호는 그들의 이야기를 모두 귀에 담고 있었다.

아무리 그가 머리가 좋아졌다고 하지만, 다른 나라말을 순간적으로 이해하기는 불가능했다.

조금씩 들리기는 했기에 머리에 다 담아놓을 무렵, 그들은 계속 이야기를 했고, 밤색 피부의 사나이는 자신을 보며 비웃고 있었다.

그랬기에 민호는 더 머리에 그들의 이야기를 꾹꾹 눌러 담았다.

이제는 동료까지 붙여 놓고 자신을 비웃는 그 내용을 반드시 알아내야겠다고 생각했다.

아니면 조금 있다가 유미가 왔을 때, 한국어로 그들을 비웃으며 복수할 예정이었다.

물론 그 복수는 물거품이 되었다.

그들은 이야기가 끝났는지, 자리를 떴고, 한참 후에나 유미가 나타났기 때문이다.

밝은 미소로 나오는 유미에게 민호가 말했다.

"일 다 끝났어?"

"응. 오래 기다렸지?"

"아냐, 하하하. 가자."

민호는 이제부터 관광을 즐길 시간이 왔다고 생각했다.

그런데 한 가지 의문점이 남았다.

원래 유미와 하룻밤을 보내면, 자신에게 남자들은 호감을 느끼는 걸로 알고 있었는데, 아까 그 흑인은 아닌 것 같았다.

그 비웃음이 증명했다.

그렇다면 모두 통하는 건 아니란 말인가.

그 기준은 무엇일까?

여러 가지 생각이 그의 머리를 관통했다.

유미와 함께 관광지를 돌아다니면서 대충 프랑스 말이 귀에 들어왔다.

지능지수가 더 높아진 것 같은 느낌이 들었다.

이게 혹시 어젯밤의 영향일까?

유미와 밤을 보낸 것은 어제가 처음이 아니었다.

그래서 그냥 해외에 나와 있기 때문에 좋은 기분과 연결된 것으로 간주한 민호.

이제 그의 머리에 밤색 피부의 사나이, 질드레의 말들이 다 해석되고 있었다.

놀라운 특허 이야기도 있었지만, 민호가 가장 궁금했던 것은 비웃음을 동반하며 금발 머리의 사나이와 대화한 내용이었다.

'뭐야, 이놈들….'

민호의 머리에 그들의 대화 내용이 해석될 때마다 인상이 찌푸려졌다.

먼저 밤색 피부 사나이, 질드레는 주로 민호가 남자로서 매력이 떨어진다는 말을 했다.

이게 무슨 소리인지 곱씹었는데, 뒤랑의 말이 해석되면서 민호는 깨달았다.

– 네 동거남보다 괜찮은 거 같은데….

질드레의 정체가 드러나는 말이었다.

그는 동성 연애자였다.

뭐랑은 아닌 것 같았다. 아까 같은 경우에도 그는 자신에게 호의적인 눈빛을 보였으니까.

민호는 이제야 확실한 결론 한 가지를 내릴 수 있었다.

자신의 매력은 동성 연애자에게 통하지 않는다는 최종결론.

참 다행이라고 생각했다.

⚜

한편, 재권은 스위스 은행에 유정과 함께 당도했다.

뉴스에서 보면 이런 곳을 이용하는 사람들은 재벌이나 고위직이었는데, 자신이 들어오게 되니 뭔가 느낌이 이상했다.

신기하게도 재권은 한 번도 자신이 재벌 2세라고 느껴본 적이 없었다.

사실 그렇게 성장하기가 힘들었다.

물론 그의 형제자매, 그중에서도 안재현이라는 '마왕'이 늘 자신을 견제하고 눈치를 주었기 때문이다.

오는 동안 그런 이야기를 유정에게 들려주었을 때, 그녀의 눈빛이 꿈틀거려 보인다는 건 그의 착각이었을 것이다.

그에게 유정은 천사였으니까.

그리고 자신의 천사와 함께 은행에 들어가자마자 정장을

차려입은 남자 한 명이 붙었다.

"어서 오십시오."

"안녕하세요. 비밀 금고 때문에 왔는데요."

"네, 고객님. 잠시 이쪽으로…."

그는 재권과 유정을 데리고 유리로 둘러싸여 있는 곳까지 안내했다.

그 안에서는 밖을 볼 수 있지만, 밖에서는 안을 들여다볼 수 없었다.

고객의 프라이버시를 소중히 여기는 스위스 은행다웠다.

재권의 눈에 담당자 하나가 앉아 있는 게 보였다.

중년의 남자였는데, 재권이 들어오자 일어서며 정중히 자리를 권했다.

"어서 오십시오. 저는 프라이벗 매니저 필립 센데로스라고 합니다."

친절한 그의 말에, 재권은 비밀 금고 때문에 왔다고 말했다.

그리고 신분증명서를 꺼냈다. 그것은 외국에 나가서 쓸 수 있는 특수 발행 증명서였다.

그러자 필립은 그것을 바탕으로 컴퓨터를 두드렸고, 잠시 후 미소를 지었다.

"안판석 고객님의 자제분이시군요."

"네, 맞습니다."

필립은 여전히 미소를 지으며 재권의 일 처리를 도왔다.

재권은 그에게 몇 차례 금고의 내용물이 바뀌었다는 말을 들었다.

가장 마지막 내용물이 바뀐 시기는 놀랍게도 작년 9월이었는데, 필립은 프라이버시 보호를 위해 누가 왔는지는 공개하지 않았다.

그러고 나서 최종적으로 금고 사용 동의 문서를 재권에게 내밀었다.

"금고를 사용한다는 동의 사인입니다. 그곳에 사인하신 후에…."

필립은 번호를 누를 수 있는 장치 하나를 내밀었다. 일반 은행에서 사용하는 것과 비슷하게 생겼다.

"…비밀번호를 눌러주세요. 그게 마지막 단계입니다."

신분 확인 절차가 모두 끝난 후, 걸어 놓은 비밀번호를 누르는 시간이 다가왔다.

지금이 중요했다. 살짝 긴장 모드로 변한 재권은 갑자기 물어보고 싶었다.

비밀번호가 몇 번 틀리면 금고를 열 수 없는지.

그러나 왠지 촌티를 내는 것 같아서 질러버렸다.

확실히 예전의 재권이 아니었다. 점점 민호를 닮아가면서, 과감함이 추가되는 걸 보니.

SH310815이라는 번호에 바로 민호가 추측한 SS610110를 누른 재권은 필립에게 동의 문서까지 제출하고 결과를 기대했다.

곧이어 필립의 목소리가 들렸다.

"이 비밀번호가 맞습니까?"

꿀꺽. 잠시 마음속으로 놀랐지만, 표정을 보니 확인하는 것 같았다.

그 표정을 보고 필립이 안심시켜주는 듯한 말투로,

"저는 비밀번호를 볼 수 없습니다."

라고 말했다. 그래서 재권은 힘주어 고개를 끄덕였다.

"네, 맞습니다."

"좋습니다. 이제 저를 따라오시면 됩니다."

필립의 오케이 사인이 떨어지자 안도의 한숨을 내쉰 재권은 유정에게 잠시 기다리라고 말하며 그를 따라갔다.

그리고 잠시 후.

드디어 개인 금고가 있는 곳에 도착하자 필립의 입이 열렸다.

"이곳으로 들어가셔서 102번 금고를 여십시오. 비밀번호는 아까 고객님이 사용하신 것과 같습니다."

그의 말 그대로 재권은 금고 실로 들어가서 비밀번호까지 누른 후에, 드디어 고대하던 금고를 꺼냈다.

손이 살짝 떨려왔다.

무엇이 들어있을지 기대가 되면서.

돈은 아닌 게 분명했다. 그러기에는 금고 자체가 너무 작았다.

여러 가지 추측이 머리를 떠나지 않는 가운데, 일단 확인하고 나서 생각해보자며 스스로에게 말한 재권이 금고를 열었다.

그리고….

그의 눈이 의혹에 젖었다.

마치 '이건 뭐지?' 라고 눈동자에 적혀 있는 것 같았다.

달랑 몇 장짜리 문서였다.

영어로 적혀 있었다.

– 신약 No.1029 공동 특허권

재권의 눈이 커졌다.

문서를 다시 한 번 확인했는데, 확실히 공동 특허권이 맞았다.

맨 마지막에는 공동 특허 양도 문서가 있었는데, 딱! 하니 박혀 있는 재권의 이름.

즉, 문서에 사인해서 변호사와 상담 후에 재권에게 양도 과정을 거칠 수 있다는 내용이 그의 아버지의 사인과 함께 있었다.

놀람을 가득 품은 눈에서 의문이 새겨진 눈빛으로 바뀌었다.

이게 돈보다 더 귀중한 것이 될까?

알 수 없었다.

다만 아버지가 그에게 쓸모없는 것을 주지는 않았을 것으로 믿었다.

밖으로 나왔을 때, 유정은 그에게 금고 안에 있는 물건이 무엇인지를 물었다.

"안에 뭐가 있었어?"

"이따가… 이따가 호텔 가서 알려줄게."

앞에서는 필립이 자신들을 보고 있었다.

아무리 프라이버시를 유지해준다지만, 자신의 입에서 나오는 이야기가 필립의 귀에 들어가게 하기는 싫었다.

그래서 호텔로 빨리 돌아가고 싶은 마음에 유정의 손을 잡고 은행 문을 나서는데….

만나고 말았다.

그가 가장 보기 두려워하는 사람, 안재현을.

: 그의 직장 성공기

103회. 다섯 개의 금고

안재현이 이 만남을 계획한 건 아니었다.

스위스에 와서 바로 은행을 들른 용건은 유산에 관련된 일이 있었기 때문이다.

물론 이 은행은 아니었지만, 재권을 만날 계획도 있었다.

그래서 뒤에 수행한 자신의 비서 신지석에게 재권이 묵고 있는 호텔을 빨리 알아보라고 했던 것인데….

"크… 큰형…."

자신을 보며 약간 말을 더듬는 재권은 예전과는 별반 다를 게 없었다.

아버지의 장례식 전후 달라진 모습은 당시의 충격 때문이었던 것 같았다.

그러니 맹수 앞에 선 먹잇감을 노리는 눈빛이 안재현의 눈빛에 새겨질 수밖에.

"여기 웬일이지?"

안재현은 돌려 말하는 성격이 아니다.

다이렉트로 묻고, 바로 대답이 안 나오면 얼굴을 굳히는 스타일.

뒤에서 대기하는 신지석이 늘 그의 이런 성격 때문에 골머리를 앓는 것 아니겠는가.

지금 안재현의 표정이 점점 더 굳어지는 이유가 바로 이것 때문이다.

물었는데, 대답이 없었다.

모든 일에 인풋과 아웃풋을 정확히 하는 그의 성격상 늘 자신의 막냇동생은 잘 맞지 않았던 것이다.

사실 맞아도 그리 신경 쓰고 싶은 상대가 아니었다.

막냇동생이란 말도 과분한 첩의 자식은 좀 더 이른 시간에 파멸해 주었으면 좋겠다는 생각.

그 일념으로 늘 그를 견제하며, 협박했고, 무너트리려고 애를 썼는데, 항상 방해받았다.

시도 때도 없이 재권의 곁에 붙어 있던 김민호 때문에.

지금은 없다. 그래서 더 만만해 보였고, 더 잡아먹을 듯이 그를 노려보았다.

매우 궁금했던 재권의 스위스행. 그 이유를 알아내야겠다는 생각이 머릿속에 가득했다.

아주 다행이었다.

다시 말하지만, 안재현은 돌려 말하기 싫어하는 스타일이라서, 눈빛을 차갑게 가라앉히며 이렇게 물었다.

"돌아가신 그 양반이… 너한테도 유산을 남겼구나."

"……!"

정확히 맞혔다. 그래서 재권의 눈빛은 극심하게 흔들리고 있었다.

그런 그의 손을 따뜻하게 잡아주는 사람이 있었다.

그게 바로 허유정이다.

그녀는 이미 안재현이 나타났을 때부터 직감했다.

유산을 노리고 왔다는 것을.

아직 혼인증명서에 찍은 도장이 마르지도 않았지만, 실제 재권과 결혼하지도 않았지만, 그는 자신의 남편이다.

더구나 사랑과 별도로 냉정함은 그녀의 무기 중 하나.

그래서 지켜야겠다. 자신의 반려자를.

그녀의 눈빛도 곧 안재현의 눈빛과 비슷하게 차가워졌다.

그 손길에 용기를 얻어서였을까?

안재현의 다음 질문에,

"뭐지? 어떤 걸 받았기에 그렇게 좋아하지?"

재권은 이렇게 당당히 말했다.

"죄송합니다. 말씀드릴 수 없습니다."

없는 용기를 짜냈을지도 모른다.

하지만 곧 안정된 막냇동생의 눈동자를 보며, 다소 의외라는 눈빛을 보이는 안재현이다.

더 무섭게 얼굴을 굳혀야 한다고 생각했을까?

다시 한 번 사나운 눈빛, 야수 같은 표정으로 그를 압박했다.

"말해."

"죄송합니다."

"내가 너에게 지금 부탁하는 걸로 보여?"

옆에서 이 모습을 본 유정의 마음은 계속 두근두근 거렸다.

재권은 밤과 낮이 다른 사람이라고 생각했다.

어젯밤 보여주었던 그 용맹스러운 기상이 지금은 보이지 않았다.

어쩔 수 없이 재권이 더 성장할 시간을 확보하는 게 중요하다고 여긴 그녀는 그의 팔을 붙잡아 끌었다.

"가요, 재권 씨. 그냥 가면 되잖아요."

안재현은 그제야 그녀의 존재를 인식했다.

유정은 재권의 팔을 잡고 은행 앞에 주차된 렌트카를 향해 갔다.

그 모습을 물끄러미 지켜보는 무심한 안재현의 눈.

점점 더 차가워지며 시선을 돌렸다.

포기할 건 빨리 포기하는 게 또 안재현의 장점이다.

굳이 코 묻은 재권의 유산을 빼앗을 생각은 없었다.

차라리 저 유산으로 글로벌 무역상사를 무럭무럭 키우기를 바랐다.

살찌운 돼지를 잡는 기분으로 그때 글로벌을 삼키리라.

안재현은 그렇게 다짐하며 은행으로 들어갔다.

그다음에는 재권과 똑같은 과정을 겪었다.

은행에 들어가서 밖에서는 안 보이고, 안에서는 밖을 볼 수 있는 유리 공간으로 안내되고, 필립 센데로스를 만났다.

필립 센데로스의 입장에서는 오늘 안판석 회장의 두 아들을 맞이하는 기연을 만났다.

아까와 같은 단계를 안재현에게 주문한 그는 컴퓨터에 뜨는 안판석 회장 관련 유산 목록을 바라보았다.

유산이 무엇인지는 필립도 알 수 없다.

그러나 관련 유산 목록이 다섯 개라는 걸 알고 아까부터 신기하게 생각했다.

금고 번호도 각각 있는 걸 보니, 자신의 자식들을 위해서 다섯 개의 금고에 각각 유산을 하나씩 분배해 놓은 것 같았다.

그런데….

이번, 안판석 회장의 아들은 비밀번호를 틀리고 말았다.

가끔 이런 일이 있다. 그렇다고 은행은 비밀번호 횟수 제한을 걸지는 않는다.

신분이 증명된 상황이다.

비밀번호는 언젠가 알아올 것인데….

오늘은 아닌가 보다.

몇 차례 실패한 후에 그는 일어나서 내일 다시 들린다는 말을 하고 나갔다.

⚜

민호는 유미와 관광을 하다가 드디어 호텔로 들어갔다.

저녁 식사는 같이 하자는 재권의 전화가 왔다.

사실 그 역시 재권을 보고 싶었다.

정확히 말하면, 금고 속에 무엇이 있었는지 알기를 바랐다.

그래서 호텔에 도착하자마자 민호는 레스토랑으로 내려갔다.

이미 재권이 자리를 잡았다.

"유정 씨는요?"

"유미 씨는?"

둘은 동시에 상대 파트너를 물어보고 웃었다.

그리고 깨달았다. 자신들의 여자 친구가 하는 일을 상대의 여자 친구 역시 하고 있다는 걸.

"참, 여자들은 꾸미는 걸 좋아해."

"그러게요. 그냥 와도 된다니까, 잠시 룸에 들렀다가 오겠다고…."

민호는 재권의 말을 받으면서 눈에는 호기심을 가득 품

었다.

어서 빨리 말하라고 재권에게 종용하는 중이다.

그만큼 궁금했다. 금고 안에 있는 물건이.

그런 자신의 모습을 즐기는가.

재권은 미소를 잔뜩 지으며 입을 닫고 있었다.

"뭡니까? 빨리 말해주세요."

"좋은 소식과 나쁜 소식이 있어. 뭐부터 들을래?"

"좋은 소식이요. 그리고 나쁜 소식은 안 들을래요."

"헐…."

민호가 그렇게 대답할 줄 몰랐다는 얼굴이 된 재권은 고개를 흔들었다.

"둘 다 들어야 해. 일단 좋은 소식은 금고 안에 신약 공동 특허가 있다는 거야."

"특허요? 그럼…."

갑자기 민호의 머리에 등장하는 인물들과 대화들.

아까 우연히 만났던 밤색 피부의 사나이, 질드레와 또 다른 남자 뮈랑이 떠올랐다.

기억 속에서 그대로 리플레이 시키는 건 민호의 장기이다.

그만큼 오늘의 기억력은 최상의 상태였으니까.

그래서 잠시 그들의 이야기를 머릿속에서 재생했는데….

– 신약 이야기야. 이거 어떻게 해야 할지. 이게 그 노인의 회사랑 공동 연구한 거잖아.

– 아, 그 몇 개월 전에 죽었다는 노인? 자식들이 경영권 싸움이 붙어서 신약 특허에 관심도 없다는 내용이잖아.

– 응. 그런데… 관심도 없는 게 아니라, 아예 모르는 거 같아. 이건 터트리면 돈이 되는 건데, 이렇게 가만히 있을 수 있나?

완전히 안판석 회장과 그 자식들의 이야기였다.

순간적으로 민호의 입에서 나온 이름.

"스위스 제약회사 모슈인가요?"

"……!"

어떻게 알았느냐는 표정.

도무지 민호를 속일 수 없다는 얼굴이 재권의 얼굴에 고스란히 새겨져 있었다.

"맞군요."

"그래. 맞아. 야, 너 정말 대단하다."

"아뇨. 오늘 들은 이야기가 있어서요."

민호는 아까 유미와 함께 갔을 때, 모슈 제약회사에서 있었던 일을 간략히 설명했다.

정말 우연이었지만, 신기하게도 이 일이 기연이 되었다.

어쩌면 하늘로 간 재권의 아버지가 이렇게 배려하는 것만 같았다.

"일단 신약의 정체가 무엇인지가 관건이네요."

"그러게… 뭘까? 혹시 호흡기 증후군 백신이라도 되나?"

그 말에 민호는 고개를 흔들었다.

"그건 아니었으면 좋겠습니다."

"응? 그 정도면 괜찮지 않아? 지난번에 호흡기 증후군 때문에 얼마나 대한민국이 공포에 떨었는데…."

"제 말은 바이러스는 계속 진화하기 때문에 백신이 변종 바이러스까지 잡지를 못해요. 그럼 결국 한 번만 사용할 수 있다는 말인데…."

물론 그 자체로 가치가 있는 것은 확실했다.

그 백신을 기본으로 잡고, 또 다른 백신을 만들 수도 있으니까, 시장을 선점할 기회가 생기기 때문이다.

더군다나 타미플루를 만든 〈모슈〉 제약회사다.

"그래도 난 그 정도면 괜찮다고 생각했는데…."

"저도 동감은 하지만, 기대가 더 큰 거죠. 한때 유행하는 질병의 치료 약 말고, 지속적인 거… 그런 거였으면 좋겠다는 희망에 말씀드린 겁니다."

그 말을 하면서 민호는 벌써 머릿속에 수십 가지 계획을 떠올렸다.

신약을 통해서 이익을 극대화하는 방안. 최종적으로는 글로벌 무역상사의 올해 기업 순위를 최대한 끌어올리겠다는 목표.

이번 휴가는 얻은 것이 많은 비즈니스 여행으로 남을 것 같았다.

다만 얻기만 하고 잃는 게 없어야 하는데, 아까 재권이가 나쁜 소식도 하나 가지고 있다고 말했던 것이 마음속에 걸렸다.

그래도 알아야 한다. 그래야 대책을 세우니까.

그래서 민호는 아까 알고 싶지 않다는 말을 재빨리 철회하고 물어보았다.

"한 가지 소식은 또 뭐예요?"

재권은 민호의 목소리에 흥분이 섞인 걸 알았다.

그때쯤 유미와 허유정도 내려와서 자리에 합석했다.

재권의 표정은 허유정을 보자 애정을 가득 품었다.

하지만 그 표정과는 달리 민호에게 알려줄 소식은 좋은 뉴스가 아니었다.

"네? 안재현이요?"

"응. 나도 깜짝 놀랐어. 유정이 아니었으면, 붙잡혀서 뭔가를 토해냈을지도 몰라."

"그렇군요."

"그런 의미에서 우리 천생연분 아니냐? 하하하."

민호는 싱겁게 미소 짓는 재권을 보며 속으로 웃고 말았다.

천생연분이라는 단어는 그때 쓰는 게 아니라고 생각하면서.

최소한 자신처럼 머리가 좋아지고, 신무기(?)도 장착해야 한다!

그래도 허유정이 재권 옆에 있어서 나름대로 든든하다고 여겼다.

"형수 님이 항상 옆에 계시긴 하셔야겠네요."

"아니죠. 민호 씨가 항상 옆에 있어야죠."

유정은 애써 흐뭇함을 감추며 말했다.

민호도 알았다. 그녀가 감정을 자제하는 여자라는 걸.

신기한 일이었다. 그녀의 아버지와는 매우 달랐다.

한 가지 확실한 것은 그녀가 재권의 옆을 지킬수록 안심이 된다는 것이다.

특히, 지금처럼 안재현이 스위스에 와 있다는 점은 경계를 늦출 수 없는 상황이다.

언제라도 안재현이 찾아올 것 같은 예감도 들었다.

아니나 다를까, 그날 밤 재현은 호텔을 찾아왔다.

정확히는 그의 비서 신지석이 호텔 로비에서 재권을 기다린다고 전했다.

재권은 민호를 데리고 로비로 나갔다.

그곳엔 이미 신지석을 동반한 상태에서 안재현이 감정이 메마른 얼굴로 이들을 바라보고 있었다.

재밌는 건 안재현의 그 표정이 점점 바뀌고 있다는 점이다.

감정을 품기 시작했다.

기쁨, 희열, 깨달음.

최소한 민호가 파악하기로 그 감정들이 안재현의 눈빛과 얼굴에 가득 새겨졌다.

세상을 살아가면서 '갑자기 깨달았다.' 라는 순간이 가끔 올 수 있다.

지금 안재현에게 그랬다.

재권을 보자마자 그의 어머니, 즉, 김상순이 머리에 떠올랐다.

SS610110의 비밀도 알아차렸다.

이름 이니셜과 생년월일은 안판석 회장이 즐겨서 조합하던 번호들이었으니까.

그렇다면 실험만이 남았다.

갑자기 떠오르는 머릿속의 어머니 이니셜과 숫자조합!

“SH310815!”

안재현은 입을 열어 그걸 재권과 민호에게 들려주었다.

그리고 순간적이지만, 미세하게 그들의 표정이 굳는 걸 보았다.

안재현의 얼굴에 더 커다란 미소가 퍼져 나왔다.

마지막으로 기분 좋은 목소리와 함께,

“이제 됐다. 가자.”

“네? 네, 네.”

당황하는 신지석을 데리고 호텔 밖으로 유유히 사라졌다.

그것을 보면서 재권은 민호에게 물었다.

“어떻게 안 거야?”

그 질문에 민호는 씁쓸하게 웃으며 말했다.

“방금 저희가 알려준 것 같습니다….”

⚜

안재현은 오랜만에 웃을 수 있었다.

몇 개월 동안 고심했던 수수께끼가 풀리는 기분.

지금이라도 스위스 은행에 가서 금고를 확인하고 싶었다.

하지만 문이 닫힌 곳을 방문해 봤자 소용없었다.

그것보다는 아까 본 민호.

예전보다 더 자신의 밑에 두고 싶었다.

볼수록 그의 능력도 탐이 났지만, 인간적인 매력까지 풍겼다.

생각해 보니 자신에게는 술친구조차 없었다.

김민호 정도라면 충분히 자격이 있을 것 같았다.

결국, 다시 한 번 결심한 안재현.

글로벌을 무너트리고 동생의 옆에 있는 김민호를 빼앗아 와야겠다는 생각만 가득했다.

물론 그 이전에 회사를 정상화시켜야 한다.

겉으로 보는 것보다 성혜 그룹에는 돈이 없었다.

홈 마트와의 협상이 지지부진해졌던 이유가 바로 자금 문제 때문이었다.

회사를 돌릴 수는 있지만, 새로운 사업을 기획하는 데에는 벅찼다. 특히 한 번에 홈 마트처럼 8조 원 가까이 되는 매각대금을 마련하기는 불가능했다.

이것은 대단히 뜻밖의 일이었다.

자신의 아버지 안판석이 가지고 있는 현금은 재계 빅 쓰리 다음이라고 알려졌었으니까.

그래서 더더욱 내일이 기다려진다.

: 그의 직장 성공기

104회. 갓 넘버 세븐틴

안재현이 떠나고 난 후, 민호와 재권은 호텔 바를 찾았다.

잠시 둘은 말이 없었다.

솔직히 약간의 자책감이 존재했기에, 지금은 머릿속으로 재빨리 그 감정을 털어버리고 싶었다.

그런데 그게 쉽게 될 리가 없었다.

결국, 재권이 먼저 말을 꺼냈다.

"아버지가 유산을 나에게만 남겨 줄 리가 없잖아. 아마 스위스 은행에 다섯 개의 금고가 있을 확률이 높아. 이게 가능하다니…."

"그런데 비밀번호를 같게 만드셨습니다."

민호의 말에 주어가 생략되어 있었지만, 안판석 회장을 지칭한다는 것쯤을 알아챌 수 있었다.

그래서 재권이 고개를 끄덕이며 말했다.

"아버지 성격이 원래 좀 그러셨어. 비밀번호를 외우기 힘들다고… 사실 간단한 거였네. 형제들이 모이면 바로 알 수 있었을 텐데, 우리만 생고생했네."

"그렇지 않아요. 아까 표정 보셨잖아요. 우리가 비밀번호를 알려준 거라니까요."

민호의 말에 재권은 조금 전 안재현의 표정을 떠올려 보았다.

처음에는 무언가 알아내려고 왔다가, 답을 얻고 간 얼굴.

갑자기 약간 짜증이 났다. 칵테일을 벌컥벌컥 들이켤 정도로.

"크~ 이런… 형 금고 안에는 무엇이 들었을까?"

"남의 겁니다. 궁금하기는 하지만, 어차피 우리 손에 들어올 수 없으니… 그것보다는 다른 형제자매들은요? 그분들한테도 남기셨을 거 아닙니까?"

"그렇지, 맞아. 그럴 거야. 그럼…."

"이게 무기가 될 수도 있겠네요."

갑자기 든 생각이다. 재권의 작은 형인 안재열을 포함해서, 큰 누나와 작은 누나 둘 다 비밀번호를 모를 가능성이 존재했다.

안재현의 행보를 보아하니 거의 혼자 먹거나, 저들과 거래할 심보인 듯 보였다.

민호의 머릿속에서 거기까지 예측이 닿자 재빨리 재권에게 말했다.

"먼저 선수 치는 게 좋겠습니다. 안재열을 제외하고 다른 두 분께 전화 한 번 드리세요."

"응? 응…."

"지금은 감정보다는 이성이 중요합니다. 적의 적은 친구라는 사실도 잊지 마시고요."

사실 재권은 누나들하고도 친하지 않았다.

그나마 매형들과는 약간 친분이 있었지만, 유산은 사위가 아닌 딸에게 갈 게 확실했다.

따라서 거래를 위해서는 누나들과 직접 이야기해야 하는데, 살짝 망설여졌다.

그걸 보고 민호가 적의 적은 친구라는 말을 한 것이다.

재권의 눈빛이 다시 굳건해졌다.

요즘은 민호의 생각을 잘 읽고 있었다.

그래서 그는 고개를 끄덕이며 말했다.

"그래, 알았어."

재권은 민호가 보는 앞에서 재빨리 스마트폰을 꺼냈다.

그리고 큰 누나부터 전화하기 시작했다.

현재 스위스 시간 밤 10시. 한국은 다섯 시다.

신호음이 울렸지만, 그의 큰 누나 안수연은 전화를 받지 않았다.

그는 재빨리 작은 누나에게 전화를 돌렸다.

잠시 후 신호음이 떨어지면서 그의 작은 누나, 안하나는 이렇게 받았다.

(왜?)

"작은 누나, 잘 지내…."

(왜 전화했냐고?)

역시 이럴 줄 알았다. 크게 반기지 않는 그녀의 목소리를 들었을 때, 예전 같으면 위축되었던 재권이다.

지금은 아니다. 재권의 눈에 안정된 민호가 보였고, 그와 닮은 차분한 눈빛과 목소리로 바로 반응했다.

"아버지 유산. 비밀번호. 궁금하면 다시 전화하세요."

(뭐? 여보세….)

삐익!

재권은 통화종료 버튼을 눌렀다.

그 모습을 본 민호의 얼굴에 웃음이 가득 찼다.

"형님, 점점 안재현처럼 변하시네요. 아… 칭찬입니다. 전 사실 어떤 면에서는 형님이 안재현처럼 변하는 거 찬성하거든요."

그 말에 재권은 미소를 지었다. 그때 다시 울리는 전화.

재빨리 받으려고 했을 때, 민호가 그의 손을 잡았다.

"한 번 정도 스킵하세요."

끄덕끄덕.

재권은 민호의 말이 의미하는 것을 알아챘다.

상대의 마음을 조급하게 만들어야 원하는 것을 더 알아챌 수 있다는 말이다.

그런데 전화벨이 끝나고 나서 작은 누나는 또 전화하지 않았다.

오히려 다시 전화벨이 울렸을 때, 이번에는 작은 누나가 아니라 큰 누나가 발신자 표시에서 떴다.

민호를 바라보자, 이번에는 받으라는 신호를 했다.

"여보세요?"

(이게 무슨 소리야? 하나가 그러는데, 네가 비밀번호를 알고 있다고….)

이미 둘이 통화까지 했고, 마음도 매우 급했나 보다.

재권이 전화받자 바로 용건부터 물어보는 걸 보니.

민호는 볼펜으로 냅킨에 글자를 써서 재권이 보도록 했다.

– 나중에 한국에 들어가서 이야기하자고 말씀하세요.

그러자 그 글을 읽은 재권은 큰 누나 안수연에게 민호가 말한 그대로 전했다.

민호는 계속해서 생각나는 대로 냅킨에 썼다.

– 안재현이 접선할지도 모르는데, 형님이 더 좋은 조건으로 비밀번호를 알려주겠다고 말씀하세요.

재권은 고개를 끄덕이며 안수연에게 그렇게 말했다.

그러자 안수연이 마음이 조급한 듯 약간 목소리를 높였다.

(그냥 알려주면 안 돼? 그리고 남자들만 알고 있는 거야? 아버지도 너무하시지… 이거 남녀 차별하네. 와, 정말….)

"아니요. 저랑 큰 형만 알고 있어요. 그런데… 큰 형 성격 알잖아요. 아마 비밀번호랑 엄청난 거랑 바꾸려고 할 겁니다. 저는 안 그래요."

(그래서? 원하는 게 뭔데?)

"그걸 생각해 보겠다는 거예요. 제가 전화 드린 건 큰 형한테 크게 당하실까 봐…, 아무튼, 또 연락 드릴게요. 아, 작은 누나에게도 그대로 전해주세요. 그럼 끊습니다."

(재권아! 재권아!)

재권은 정말 오랜만에 그녀에게 자신의 이름이 불린다고 생각했다. 늘 '너', 또는 '야?'라는 호칭이 자신의 이름이었는데.

그나마 안재현의 '첩의 자식'보다 낫다고 생각했었던 과거.

지금은 이제 변했다. 당당히 누리리라. 그들이 자신을 동생으로 인정하지 않는다면, 그 역시 그들을 형과 누나로 취급하지 않겠다고 다짐했다.

그래서 잠시 통화종료 버튼을 누르지 않았다.

(재권아? 우리 막내? 전화 안 끊었지?)

지금까지 못 불린 호칭이 계속 쏟아져 나왔다.

민호는 재권이의 얼굴에 새겨진 씁쓸한 감정을 읽고 아무 말 하지 않았다.

대신 그의 감정이 자신에게도 전이되었는지, 아무 말 없이 그저 자신 앞에 있는 칵테일만 들이키기 시작했다.

⚜

다음날 민호는 재권과 함께 어제 방문했던 제약회사 〈모슈〉에 들렀다.

3층에 있는 신약 개발팀을 지나쳤을 때, 다시 방문한 자신을 보면서 밤색 피부의 사나이, 질드레의 고개가 갸우뚱한 걸 보고 그는 살짝 웃어주었다.

그러자 질드레는 기분이 나쁜 건지 또 한 차례 그를 모욕하려고 했다.

"어쭈? 왜 웃는데? 그렇게 웃고 다니다가는…."

"내가 내 얼굴 가지고 웃지도 못해? 그럼 인상을 쓸까?"

"……!"

깜짝 놀란 질드레.

정확하지는 않지만, 프랑스어가 민호의 입에서 나오는 걸 보고 소스라칠 수밖에 없었다.

"다… 당신…."

"아아… 내가 그쪽 취향이 아니라는 건 아니까, 그렇게는 부르지 말라고. 그럼 나중에 볼 기회가 있을 거야. 고생해."

그를 놀라게 할 목적은 충분히 달성했다.

그 정도로 마무리하고 앞으로 나아가는 민호에게 재권이 물었다.

"누구야? 아는 사람?"

"아뇨, 어제 잠깐 봤는데, 말 시키지 마세요. 오해할지도 모르니까."

"……?"

"그런 게 있습니다."

민호는 살짝 웃으며 잰걸음으로 나아갔다.

고개를 갸웃거리는 재권이 다시 한 번 돌아보았을 때, 야단났다는 표정을 짓는 질드레가 보였다.

그럴 수밖에 없었다.

민호가 프랑스어를 알아듣는지도 모르고 멋대로 신약 특허에 대해서 중얼거렸으니, 이제 후환이 두려웠다.

당연히 어제 이야기를 나누었던 뤼랑을 불러 대책을 마련했다.

하지만 뤼랑은 고개를 저으며 이렇게 말했다.

"이건 회사 정보를 누설한 거나 마찬가지라고. 보안 등급이 높은데…."

"그러니까 너도 빨리 방법을 생각해 봐."

"아… 젠장. 나까지 이게 웬 날 벼락이야! 너 때문에 내가 되는 게 없다."

뤼랑은 회사 총괄팀에 있었고, 질드레는 개발팀에 있었다.

잠시 후 대책 없는 표정으로 총괄팀에 들어왔을 때, 총괄 매니저가 민호와 재권을 데리고 사무실로 안내하는 게 보였다.

야단났다고 생각한 뮈랑은 질드레에게 연락했고, 곧 질드레는 사무실로 찾아왔다.

밤색 피부의 사나이는 눈물까지 흘렸던 것 같았다.

검은 눈동자에 눈물 막이 얇게 번져 있는 걸 보니.

사실 뮈랑도 울고 싶었다. 어쩌면 회사에서 자신들에게 강력한 징계를 내릴지도 몰랐다.

그렇게 둘은 말없이 사무실의 문을 바라보고 있었다.

그런데 그들의 우려와는 달리 안에서는 화기애애한 대화가 오가고 있었다.

총괄매니저 요십 드르미치는 중국인 어머니를 둔 사람.

그래서 피부색에서 동양인의 그것이 옅게 묻어나왔다.

자신을 찾아온 민호와 재권도 동양인이기에 더 특별한 정을 느껴서일까?

친절하게 그들을 맞이했다.

"신약은 이미 유럽과 미국에 특허를 받아 놓은 상태입니다. 임상시험이 완벽하게 끝났다는 이야기죠. 미스터 안이 많은 투자를 했습니다. 그 덕분에 결실을 맺게 되었죠."

"그 신약이라는 게 뭡니까?"

대화는 영어로 진행되었다.

재권은 영어로 하는 의사소통에 무리가 없었다.

그는 재빨리 요십에게 신약의 정체에 대해서 물었다.

"지금 가칭 '갓 넘버 세븐틴' 이라고 명명했습니다."

"갓 넘버 세븐틴이요?"

이번에는 민호가 의문을 품은 목소리로 말했다.

갓 넘버 세븐틴이라니. 약의 정체를 알 수 없는 이름이었다.

"그냥 별명이라고 생각하면 됩니다. 실제로는…."

"……."

"알츠하이머 치료제라고 생각하시면 됩니다."

"……!"

알츠하이머 치료제라니?

불치병으로 알려져 있는데, 과연 알츠하이머를 치료할 수 있단 말인가.

그건 아닌 것 같았다.

민호와 재권의 놀란 눈을 응시하고, 재빨리 요십이 고개를 저으며 말했다.

"아, 제 말에 오해가 있네요. 치료제라는 말은 흔히 제약회사에서 쓰이는 관례적 용어입니다. 실제로는 치료하기 불가능하죠. 말라리아나 심부전 치료제처럼, 그냥 증상을 일시적으로 늦추거나 진행을 더디게 한다고 생각하시면 됩니다. 즉, 알츠하이머 진행을 3분의 1까지 늦추게 할 수 있는 약이 임상시험을 통해서 특허를 받아놨다는 이야깁니다."

완벽한 치료제는 아니다. 그러나 속도를 3분의 1까지 늦출 수 있다.

이게 어느 정도의 파급력으로 시장을 지배할 수 있을지 감이 없는 민호와 재권.

그래서 민호가 살짝 물어보았다.

신약의 가치가 어떻게 되는지. 바로 대답이 돌아왔다.

"그게 감이 잘 오지 않습니다. 다만 세계에서 4,400만 명의 알츠하이머 환자가 있고, 그들이 이 약을 다 사용한다고 보기는 어렵더라도, 추정하건대 1년에 30억 달러의 매출을 예상하고 있습니다."

"30억 달러!"

자기도 모르게 외치는 재권.

민호는 순간 머릿속으로 생각했다. 30억 달러가 한국 돈으로 3조 5천억 원이라는 사실을.

작년 글로벌 무역상사의 총 매출액이 3조 6천억 원이다.

이 신약을 출시한다면, 단일 품목으로 거의 그에 육박하는 매출액을 거둘 수 있다는 뜻이다.

물론 이익금은 〈모슈〉사와 절반을 나누어야 한다.

그렇더라도 당장 천문학적인 액수가 글로벌 무역상사에 신형 엔진을 달아줄 게 틀림없었다.

사무실을 나오면서 민호와 재권의 얼굴에 웃음이 가득 달린 건 당연한 일.

다음날 공항으로 가는 내내 마음이 가벼웠다.

그러나 하나하나 차근차근 올라가는 이들의 발걸음은 점점 묵직해지고 있었다.

105회. 약속

휴가를 정말 알차게 보내긴 했는데, 몸은 파김치가 되었다.

비행기 안에서 세상 모르고 잘 정도였다.

잠에서 깨었을 때에는 착륙하기 바로 직전이었다.

자신을 바라보는 시선에 깬 민호가 옆을 보니 유미가 애정 어린 눈으로 바라보고 있었다.

"혹시 안 잤어?"

"응. 난 잠이 안 왔어."

"헐…."

10시간이 훨씬 넘는 비행시간이었다.

그녀의 앞을 보니 책과 잡지 등 읽을거리가 쌓여 있었다.

피곤한 기색이 하나도 없는 그녀는 혹시 철인인가.

"원래 예전에는 약했다고 들었는데, 비결이 뭐야?"

"몰라. 사실은 오빠 만나고 더 건강해진 거 같아."

민호는 이런 상황에서도 자신의 탓을 해주는 유미가 고마웠다.

그녀에게 별도 달도 따주고 싶은 마음이었다.

그러나 항상 값비싼 선물을 거절하는 유미.

결국, 민호가 해줄 수 있는 유일한 것은 변함없는 마음이라고 여겼다.

생각하는 동안 벌써 비행기가 착륙했다.

올 때와는 달리 갈 때에는 재권이 데려다 주는 바람에 편하게 귀가할 수 있었다.

집에 돌아와서 민호는 노트를 꺼냈다.

지금까지 자신의 능력을 적은 관찰 노트였다.

늘 변화가 있을 때, 기록하는 게 바로 그의 습관.

이번 여행을 통해서 또 다른 변화를 보았으니 당연히 기록해 주어야 한다.

일단 예전에 적어 놓은 것을 다시 한 번 보았다.

1. 유미를 보면 30시간 머리가 좋아진다.

2. 유미를 안으면 40시간 머리가 좋아진다.

3. 유미와 키스하면 50시간 머리가 좋아진다.

4. 유미와 하루를 보내면 70시간 이상 머리가 좋아진다.

※ 70시간의 경우 정확한 시간이 측정되지 않았다.

여기까지가 지적 능력에 관한 기록이었다.

그다음에 매력에 관한 기록이었다.

1. 유미를 만나고 나서 두 번째 능력, 매력을 발견했다.

2. 지력과 동일한 시간이 지속된다.

3. 최면과 같은 능력이 아니기에 여자들이 과도하게 접근하지는 않는다.

4. 유미와 하룻밤을 지내면 여자에게 주는 매력은 사라지고, 남자에게 주는 호감으로 바뀐다.

※ 동성애적인 것은 절대 아님!

민호는 이것을 적을 당시 특히 마지막 별첨을 강조해서 느낌표까지 적었다. 남자에게 이상한 눈빛을 받는다는 건 생각만 해도 끔찍했기에.

다행히 그의 예상대로 일반적인 호감 이상은 나타나지 않았었다.

아무튼, 4번까지 적은 매력에 한 가지를 더 추가한 민호.

– 동성연애자는 매력이 통하지 않는다.

그런데 특이한 현상은 이게 끝이 아니었다.

한 가지 더 있었다. 그것도 남자에게 매우 중요한.

이걸 어떻게 적을까 고민하던 민호는 조용히 노트에 긁적거렸다.

새로운 능력.

1. 스위스에서 유미와 하루를 보내고 난 후에 신무기 장착했음.

2. 지속 시간은 40시간이 지난 현재까지도 이어지고 있음.

이게 꽤 만족한 표현이었는지 민호의 얼굴에 웃음이 가득했다.

자기 전에 팬티를 한 번 올려서 확인해 본 것은 물론이다.

다음 날 아침.

민호는 여전히 변하지 않은 자신의 신무기(?)를 확인하면서 유미의 아파트로 향했다.

그리고 귀국 후 월요일 첫 출근.

민호의 발걸음은 경쾌했다.

물론 그가 해야 할 일은 꽤 많았다.

휴가 중 그를 대신할 사람은 회사에 거의 없었기에, 밀린 일이 산더미 같았다.

그런데 그가 잊고 있던 밀린 일을 기다리던 사람 하나가 있었다.

바로 종섭인데, 그는 지금까지 민호가 복귀할 날을 손꼽아 기다렸다.

그래서 민호가 나타났을 때, 내심 매우 즐거워했다.

그게 어느 정도였느냐 하면, 점심을 먹고 오후에 화장실에서 큰일을 볼 때 흥얼거리는 소리가 자기도 모르게 나올 수준이었다.

그러다가 누군가 들어오는 소리에 재빨리 입을 닫았다.

공공 화장실에서 흥얼거리다가 들키면 그것만큼 '쪽' 팔린 것도 없었다.

가만히 숨죽이고 있는데, 그 누군가가 두 명이라는 걸 깨달았다.

그중 한 명의 목소리가 들려왔다.

"와, 이 자식… 매번 보긴 하지만, 너 크다. 짱 먹어라."

아는 사람의 목소리였다. 바로 인사팀의 차원목 대리가 분명했다.

"무슨 소리야. 난 그… 김민호 과장에 비하면, 상대도 안 돼."

그런데 차원목의 이야기를 듣고 반응하는 사람의 음성은 잘 몰랐다.

더군다나 그 내용이 마음에 들지 않았다. 민호에 비하면 상대도 안 되다니? 자신의 신무기(?)를 안 봐서 저렇게 '헛소리를 하는구나.' 라고 생각했다.

"으… 김민호… 난 정말 그 인간 싫어."

"응? 왜?"

"됐다, 됐어. 어쨌든, 그 인간은 그것도 크냐? 정말 짜증 난다."

짜증 난다는 이야기에는 동감한다.

하지만 종섭은 그들이 진짜 큰 걸 못 봐서 민호 것을 보고 놀란다는 생각.

지금은 보여줄 수도 없고, 나중에 반드시 차원목 대리와 정체를 알 수 없는 사람을 찜질방에 데리고 가고 싶은 마음이 솟구쳤다.

그리고 그들이 나가고 난 후, 이제는 미룰 수 없는 일을 추진하는 종섭.

당당히 사무실로 들어가서 민호를 찾았다.

오전에 너무 바빠 보여 말을 하지 못했는데, 지금은 필사적으로 말하고 싶었다.

같이 찜질방에 가자고.

그런데….

"김민호 과장 어디 갔어?"

자리에 없었다. 조정환을 향해 그의 행선지를 물었더니 바로 나오는 대답.

"글로벌 마트로 외근 가셨습니다."

"뭐? 젠장. 언제?"

"조금 전… 한 일, 이분 됐나? 아무튼, 나가신 지 얼마 안 됐습니다. 강태학 대리랑…."

재권은 조정환의 말을 다 듣지도 않고 사무실을 나갔다.

당연히 민호의 모습은 보이지 않았다.

그는 필사적으로 엘리베이터를 향해 달렸다.

하지만 버튼을 눌러봤자 10층에서 정지되어있는 승강기.

성질 급한 마음에 그는 결국 계단을 이용했다.

겨울인데도 땀을 뻘뻘 흘리는 종섭의 최종 목적지, 주차장.

겨우 도착했는데, 민호의 차가 쌩하고 지나갔다.

“야! 김민호! 찜질방 가기로 했잖아!”

불러도 대답이 없었다. 사실 듣지 못한 게 분명했다.

가만히 생각하던 종섭은 전화를 들었다.

그러다가 전화로 이런 이야기를 하기에는 ‘별로’ 라는 생각이 솟구쳤다.

괜히 애원하는 것 같았다.

차라리 자연스럽게 다가가서 모르는 척 슬쩍 이야기하는 게 최고의 방법, 그는 다시 사무실로 올라가 외근 준비를 하고 내려왔다.

어차피 그 역시 글로벌 마트로 가야 했다.

L&S 건설에서 시내면세점 내부공사를 진행해주고 있었는데, 그 회사에서 먼저 손을 댄 글로벌 마트에 하자가 없었는지 확인하는 작업이 필요했다.

솔직히 이건 핑계다.

민호와 자연스럽게 만날 기회를 포착하는 게 더 주된 목적이었다.

취이이이익.

주차장에 내려와 시동을 거는 박력을 가득 담은 손.

종섭의 강한 자신감이 불끈! 느껴졌다.

⚜

한편, 출근하자마자 일벼락을 맞은 민호.

몸이 열두 개라도 부족할 지경이었다.

오전 내내 재권과 함께 박상민 사장에게 스위스에서 있었던 일을 보고했다.

신약에 대한 고무적인 소식, 그리고 앞으로 있을 성과.

그 비전과 계획을 그리면서 향후 더 바빠질 것을 예고했다.

또한, 재권이 그의 큰 누나와 작은 누나를 만날 때, 동반해야 하는 사람도 민호였다.

약속을 가까운 시일 내에 잡았다.

사실 그쪽에서 원했지만, 민호와 재권도 이번 일은 시간을 끌 일이 아니라고 생각해서 받아들였다.

잘못하면 안재현의 술수에 넘어가 비밀번호라는 무기를 제대로 쓰지 못할 수가 있었다.

안성에도 한 번 내려가야 한다.

종로 큰 손을 보기도 해야 했고, 프리미어 마트 2호점에 대한 이야기를 박상민 사장에게 했더니, 회사의 자금 사정이 눈에 띄게 좋아진다고 빨리 추진하란다.

이 모든 것이 다 민호와 연결되어 있었다.

할 게 너무 많은 나머지, 그나마 식품 자회사 이야기는 꺼내보지도 못했다.

그러므로 글로벌 마트의 일은 이제 강태학 대리에게 점점 이전해야 할 필요성을 느꼈다.

외근을 가면서 강태학 대리를 데리고 간 것은 당연한 일.

그런데 회사에서 나가다가 누군가 자신을 부르는 소리를 희미하게 들은 것 같았다.

사이드 미러로 보니 종섭이 뭔가 큰소리로 외치고 있었다.

시동을 건 차를 멈추는 건 꽤 귀찮은 일이다.

이럴 땐 급한 놈이 전화하게 되어 있다고 생각하며, 가던 길을 그냥 가는 민호였다.

그리고 마트를 향해 가는 차 안에서 민호는 강태학 대리에게 짧은 브리핑을 해달라고 요청했다.

"별다른 특이한 점은 없었습니다."

역시 퉁명했다. 일부러 그런 건 아닌데, 민호 역시 약간 퉁명한 목소리로 그에게 말했다.

"고객 만족도 체크나, 개선해야 할 사항은요?"

민호가 그렇게 묻자, 그 질문을 기다렸다는 듯이 강태학의 입에서 줄줄줄 의견이 뽑혀 나왔다.

"큰 부분은 아니고, 하자가 몇 군데 있습니다. L&S 건설

쪽에 말해 놓아서 오늘 보수한다고 했습니다. 4층 이벤트 공간이 너무 텅 비어 있는 것 같습니다. 개장 첫날만 이용했는데, 공간 활용을 위해서는 계속 이벤트를 할 건지, 아니면, 다른 용도로 활용할 건지를 생각해야 합니다."

"알겠습니다. 기획안 만들어서 제출하세요. 그 이외에 생각나는 점 있으면, 언제라도 기획안 주시고…."

"……."

운전하면서 강태학이 자신을 바라보고 있다고 느낀 민호.

룸미러로 보니 자신을 이상한 눈으로 쳐다보고 있었다.

그러다가 룸미러에 비친 눈동자끼리 마주치자, 얼른 시선을 창밖으로 돌리는 게 눈에 띄었다.

강태학 대리는 단둘이 탄 이 차 안에서도 뒤에 탔다.

일부러라도 거리감을 두는 그 모습을 뭐라고 하고 싶지는 않았다.

어차피 그가 일만 똑 부러지게 잘하면 되고, 실제로 일은 정말 잘했다.

민호가 믿고 맡겨도 충분할 만큼 말이다.

반면 우성영 지점장은 딱히 무조건 신뢰하기 어려운 사람이었다.

지난번 우지점장의 예전 부하직원이 와서 저주를 퍼붓는 걸 보고 살짝 동정심을 느꼈지만, 그래서 너무 구박하지는 말아야겠다고 생각했지만, 매장에 와서 팜유 코너를 보자 그 마음이 싹 사라져 버렸다.

다시 100원이 인상되었다.

휴가 갔을 때, 기습적으로 가격을 올린 것 같았다.

일단 민호는 옆에 있는 강태학 대리에게 말했다.

"올라가실 거면, 지점장님께 이쪽에서 보잖다고 전해주시겠습니까?"

강태학은 고개를 끄덕였다.

그 역시 바보가 아닌 한 민호가 무엇 때문에 우지점장을 보자고 하는지 눈치챌 수 있었다.

사실 강태학도 말린 일이었다. 하지만 우성영은 끝까지 우겼고, 어찌 된 일인지 신주호 차장도 크게 반대를 하지 않았다.

케이티 역시 명절을 앞두고 가격 인상은 늘 있던 일이라며 무언의 동의를 한 것 같았다.

그래도 민호의 성격을 알았기에, 우성영 지점장이 잔소리를 들을 게 불을 보듯 뻔한데다가, 요즘 그는 강태학 대리의 담배 친구나 마찬가지.

올라가서 바로 그에게 경고했다.

밑에서 민호가 기다리고 있으며, 팜유 가격을 100원 올린 것 때문에 기분이 상해 있는 것으로 보인다고.

"뭐? 그 싸가지가?"

"네. 조심하세요."

"조심은 무슨 조심! 내가 그깟 과장 따위에게 겁먹을 거 같아!"

곧 죽어도 허세였다. 그런데 강태학이 같이 밑으로 따라 나서려는 순간 재빨리 말했다.

"자넨 잠시 이곳에서 매출 그래프 좀 도와줘. 나 혼자 하려니까 좀 힘들어서. 응?"

"……."

분명히 자신을 떼어 놓고 가려는 행위였다. 이걸로 보아서 밑으로 내려가 방금 친 큰소리처럼 민호를 대하지는 않으리라고 생각했다.

강태학의 생각이 맞았다.

우성영은 밑으로 내려가 만면에 웃음을 머금고 민호에게 말했다.

"여어… 김 과장. 얼굴 좋아졌어. 하하하. 역시 김 과장 같은 사람은 회사에서 적극적으로다가 휴가를 자주 보내줘야 해."

우성영은 일단 부드럽게 민호에게 접근했다.

가는 말이 고우면, 오는 말이 곱다. 웃는 낯에 침 못 뱉는다.

이 두 속담을 마음속에 품으면서.

기 싸움은 생각도 하지 않았다.

그나마 민호가 낫지 가끔 오는 이종섭이라는 싸가지는 보기도 싫었다.

그런데 그 꼴 보기 싫은 이종섭이 드디어 주차장에 차를 세우고 마트를 향해 오는 걸 그는 상상도 못 하고 있을 것이다.

드디어 우성영의 싸가지 순위 2위와 3위가 눈앞에서 모이기 일보 직전이다.

: 그의 직장 성공기

106회. 근황들

김석봉은 현재 투마트에서 근무하는 직원이다.

이 시간에 나왔다는 건 오늘은 휴식일이기 때문인데, 굳이 글로벌 마트에 온 이유가 있다.

소식을 들었다. 우성영 지점장이 이곳을 관장한다는.

예전에 투마트에서 근무할 때, 그는 우성영으로 인해서 직장을 몇 번이나 때려치울 뻔했다.

성과주의에 목을 매며 직원을 달달 볶는 스타일에, 당시 힘겨워했던 사람은 전 직원이라고 해도 과언이 아니었다.

그래서 총대를 멨다.

우성영에게 복수하는 마음을 잔뜩 안고 글로벌 마트에

온 것이다.

진상손님을 많이 보았기에, 마트 직원들이 가장 싫어하는 손님의 행위를 매우 잘 아는 김석봉이었다.

그는 일단 풍선껌을 사기로 계획을 세웠다.

계산을 마치고 열심히 씹은 뒤에 풍선이 불어지지 않는다는 걸로 시동을 걸 예정이었다.

이때 풍선껌은 껍질만 남기고 모두 씹어야 항의할 수 있다.

그 이후에는 쉽다.

풍선껌 하나 가지고 왜 그러냐는 눈빛을 캐치한 후, 바로 따지며 지점장을 나오라고 하면 만사 끝!

1,000원도 안 되는 가격으로 우성영을 불러서 제대로 갑질할 수 있으니 저비용 고효율의 원칙을 지킬 수도 있었다.

아무튼, 이 모든 계획을 세우고 껌을 사서 매대를 지나가는데, 보고 말았다.

우성영이 새파란 젊은 사람과 대화하는 것을.

정확히 말하면, 새파란 젊은 사람에게 당하는 것처럼 보였다.

설마 그럴 리가 없다고 생각했다.

전에 매장에 있었을 때에도 본사 직원에게 큰소리 떵떵 치던 카리스마! 최소한 그거 하나만은 인정해줘야 했으니까.

그런데 진짜였다. 지금 듣고 있는 자신의 귀를 의심해야만 하는 상황.

"이런 식으로 하실 겁니까?"

"……."

심지어 우성영의 얼굴에는 김석봉이 한 번도 본 적 없는 난처함이 흐르고 있었다.

점입가경.

도저히 믿을 수 없게도, 우성영이 억지 미소를 지으며 상대를 달래기까지 하는 모습에 김석봉은 눈을 한 번 비비고 말았다.

"설날이야. 명절. 응? 아마… 괜찮을 거야. 이번 한 번만… 김 과장이 좀 봐주라. 응?"

"저번에도 이랬습니다. 그리고 그때가 마지막이라고 말씀하셨죠."

"그… 그랬지."

"그런데 지금 이게 뭡니까?"

사실 우성영의 머릿속은 복잡했다.

점점 민호에게 반항하고 싶은 생각이 가득했다.

그러나 잘못하면 민호의 강한 견제가 들어올 뿐만 아니라, 그동안 그는 여러 정보를 통해 민호가 실세라는 걸 들어왔다.

한 번 참으면 편한 지점장 생활을 누릴 수 있었다.

꾹 참을 수밖에 없는 현실.

참을 '인' 자 세 개를 가슴속에 그려넣고 있었다.

다행히 민호는 그 정도만 하고 매출 그래프를 본다고 위로 올라간다며 자리를 떴다.

이제 끝났다는 생각과 함께 우성영은 그의 등 뒤를 향해 이렇게 외쳤다.

"매출이 점점 상승 곡선을 타고 있어. 내가 그냥… 마트를 국내 최고의 매출 순위로 만들어 놓을게. 그러니까 나중에 사장님하고 본부장님께 말씀 좀 잘해…."

이미 자신의 목소리가 들리지 않을 만큼 민호는 저 멀리 떨어져 걷고 있었다.

그걸 보고 우성영은 인상을 쓰면서 바로 하고 싶은 말을 내뱉었다.

"저런 싸가지 없는…."

그때 진짜 싸가지 없는 사람 하나가 그의 눈에 비쳤다.

종섭이었다. 그 역시 자신을 발견한 것 같았다.

진짜 상대하기 싫은 사람이라 우성영은 못 본 척 재빨리 매대에 놓여 있는 팜유를 정리하기 시작했다.

그 모습을 보며 옛 직원 김석봉의 입이 벌어졌다.

예전에 손 하나 까딱하지 않고 시키기만 했던 우성영이라, 혹시 쌍둥이 동생은 아닌가 생각했다.

그런데 이게 끝이 아니었다.

아까 그 새파랗게 젊은 녀석에 이어서 새롭게 온 비슷한 또래의 젊은 녀석은,

"우지점…, 저기요! 혹시 김민호 못 봤습니까?"

말투 자체가 싸가지였다.

저런 말을 듣고 가만히 있을 우성영이 아니라서 호통이나 비꼼정도를 기대했는데, 우성영은 여지없이 김석봉의 기대를 무너트리는 말을 했다.

"방금 지점장실로 올라갔어. 빨리 가봐."

"확실해요?"

"빨리 가야 할걸? 급해 보이던데, 어쩌면 지점장실에 들러서 바로 나갈 수도 있어."

종섭은 그 말을 듣고 재빨리 발걸음을 움직였다.

그러다가 잠시 정지하며 우성영을 보며 말했다.

"우지… 저기요! 저번에 그쪽에서 준 하자보수기록표. 그딴 식으로 기록할 겁니까?"

"응? 그…."

"됐어요! 변명들을 시간 없으니까, 다시 한 번 경고하는데… 대충대충 하다가는 정말 가만히 있지 않겠습니다. 아시겠죠?"

"……."

늘 이런 식이다. 할 말만, 그것도 기세 좋게 하는 바람에 우성영은 한마디도 못 하고 당하고 말았다.

어떻게 된 게 글로벌 무역상사는 이렇게 기가 센 젊은 놈들이 많을까?

정말 허탈했다. 자신의 카리스마가 무너지는 모습을 봤

을 때, 나이가 들어간다는 것을 실감할 정도로.

더군다나….

"……!"

옛 직원을 만날 때면 더더욱 멘탈이 나가버린다.

"기… 김석봉…?"

"지점장…님…."

우성영은 자신을 보는 김석봉의 눈빛에 불신의 감정을 읽을 수 있었다.

당연한 일이었다. 우성영 자신도 믿을 수 없는 상황을 맞이했는데, 예전 자신의 카리스마를 기억하는 김석봉이 얼마나 놀랐겠는가?

우성영은 약간 처량한 눈으로 김석봉의 손에는 풍선껌을 살짝 가리켰다.

"이거 사러 온 거야?"

"네? 네…."

"그 정도는 내가 사줄게. 혹시 시간 있으면…."

"……."

"우리 담배 한 대 피울까?"

자신의 부탁을 꼭 들어달라는 눈빛.

그것을 보며 김석봉은 고개를 끄덕이지 않을 수 없었다.

오늘 그의 계획은 완전히 실패했다.

⚜

한편, 민호가 지점장실로 들어가기 전에 간신히 따라잡은 종섭이 그의 이름을 불렀다.

"김민호! 김민호!"

민호는 뒤에서 자신을 부르는 소리에 돌아보니 이종섭이 와 있었다.

갑자기 아까 주차장에서 급한 듯이 소리쳤던 그의 모습이 떠올랐다.

"뭐죠?"

"그… 저… 잊잖아! 그거! 안 잊었지?"

"네? 무슨 말씀이십니까?"

민호는 얼굴을 굳히면서 종섭을 바라보았다.

여기까지 와서 말도 제대로 못 하는 그가 이해가 안 된다는 듯이.

그 시선을 의식했는지, 종섭은 이렇게 급하게 민호를 부른 걸 후회하기 시작했다.

찜질방이 뭐라고. 조금 더 여유를 갖고 민호를 데리고 갈 수도 있었는데….

민호가 자신을 어떻게 볼지 걱정이 되었다.

그러나! 마음을 굳게 먹었다.

지금의 수치를 몇 배로 갚아줄 수 있는 찜질방의 벗은 몸!

엄청난 위용으로 민호를 압도해 버릴 테다.

그것을 위해서 약간의 수치스러움은 참을 수 있다는 태도로 드디어 말을 꺼냈다.

"휴가 갔다 와서 같이 가기로 한 거 잊었어?"

"네?"

"찜질방 가기로 했잖아."

"아아… 그거?"

민호는 종섭의 말을 듣고 이제야 그런 약속이 있었다는 게 떠올랐다.

당시에 대충 해 버리는 바람에 '약속'이라고 정의를 내리기는 힘들었는데, 그것을 기대했나 보다.

참 신기했다.

분명 유미와 밤을 보낸 지 40시간이 흘러서, 타인에게 어필할 매력은 떨어졌다고 생각한 민호.

그렇다면 이제 종섭은 자신을 진짜 친구쯤으로 본다는 걸까?

민호는 엉뚱한 오해를 하게 되었다.

"그럼 제가 좀 일 처리를 마치고… 한가할 때 갑시다."

그 말을 하자 종섭의 눈에 급격하게 실망의 빛이 드러났다.

이 정도로 자신과 찜질방을 같이 가기를 바랐었단 말인가.

민호는 살짝 미안해지는 기분을 느꼈다.

그래도 어쩔 수 없었다.

"보시다시피 글로벌 마트에서 다음 주 설날을 앞두고 있습니다. 그뿐만 아니라, 식품 팀 구성을 위해서 계획도 짜야 해요. 할 일이 태산입니다. 그래서 말인데… 설날 이후 어떻습니까? 그때에는 제가 찜질방 비를 낼게요."

"……."

종섭은 조용히 그의 말을 듣다가 어쩔 수 없다는 듯이 고개를 끄덕였다.

이날을 별렀는데, 정말 오늘을 별렀는데….

"내가 뭐 찜질방 때문에 너를 불렀다고 오해하는 건 아니지? 그냥 마트의 하자보수!를 점검하러 왔어. 왜냐하면, 시내면세점 공사를 지금 L&S 건설 쪽에서 하고 있거든…."

"……."

"그러다가 우연히 널 본 거야. 아무튼, 그건 그렇고 꼭 잊지 마라. 설날 끝나고 가야 해. 설날 연휴 마친 다음 날 바로! 알았지?"

"네, 뭐…."

종섭은 그제야 민호의 대답을 듣고 이제야 안심이 된다는 표정으로 돌아섰다.

민호는 도저히 이해가 되지 않았지만, 그의 뒷모습에 왠지 목적을 달성했다는 기운이 스며 있어 보여 아무 말 하지 않았다.

그저 미운 정도 오래 붙으니 친구 같은 느낌이 드는 것일까? 라는 생각을 하며 지점장실로 들어갔다.

들어가자마자 케이티가 민호의 눈에 보였다.

그녀는 흰색 바탕에 큰 원, 작은 원, 파란 원, 빨간 원 등등이 그려져 있는 드레스를 입고 있었는데, 그 역시 매우 그녀에게 잘 어울렸다.

"오랜만입니다."

"민호 씨!"

자신을 반기는 케이티. 여전했다.

물론 민호는 일정 정도 거리를 두었지만 말이다.

바로 원래의 목적인 그래프를 보는 일에 열중하기 시작한 민호. 컴퓨터 화면의 매출 그래프는 우지점장 말대로 진짜 상승 곡선을 긋고 있었다.

"잘 갔다 왔어요?"

"네? 아, 네… 별일 없었죠?"

"계속 좋아지네요. 제가 한국에 와서 이렇게 급격히 매출이 좋아진 매장은 처음인 거 같아요."

늘 같은 미소로 자신에게 좋은 이야기만 해주는 그녀.

일부러 거리감을 둔다는 건 어색함만 불러일으킬 뿐이다.

그래서 민호는 생각을 고쳐먹고, 차라리 최근 계획한 두 번째 지점 문제에 대해서 의견을 교환했다.

"평택이요?"

"네, 평택. 지금 한창 신도시가 구성되고 있는 시점입니다. 딱 적기라고 생각합니다."

"흠… 스미스에게 말해볼게요. 그런데…."

항상 민호의 의견에 토를 달지 않았던 그녀의 표정이 살짝 바뀌었다.

무슨 일인가 싶어 묻는 민호.

그녀의 입에서 나오는 소리에 살짝 놀라고 말았다.

"미국 본사에 자금을 투입하기 힘든 문제가 생겼어요. 좀 시간이 걸릴 것 같아요. 어쩌면 투입하지 못할 수도 있고…."

민호는 고개를 갸우뚱할 수밖에 없었다.

A&K라면 미국 본토를 호령하는 유통기업이다.

아무리 그래도 지점 하나 낼 돈이 없지는 않을 것이고, 심지어 글로벌 무역회사에서 반을 투자한다.

도저히 이해하기 힘들었다. 돈을 투입하기 힘들다는 이야기가.

그의 호기심이 너무 짙어 보였을까?

케이티가 다시 입을 열며 그의 눈에 새겨진 물음표를 지워주기 시작했다.

원래 두 개의 큰 유통회사가 합병했던 A&K인데, 최근 두 명의 공동 경영자가 뜻이 맞지 않아 다시 분리하기로 합의를 봤다는 이야기.

그래서 해외에 있는 법인 중에 정리할 것은 정리하기로

결정했다는 말에 민호의 눈빛이 빛났다.

"그럼?"

"어쩌면 이곳 지분을 글로벌 무역회사에 넘길지도 몰라요. 물론 가격만 맞는다면요."

107회. 재권이 원하는 것 1

가격만 맞는다면 넘길 수 있다!

민호는 케이티의 이야기를 들으면 들을수록 놀랐다.

변하지 않는 것은 없다는 말이 그의 머릿속을 가득 채웠다.

그래서 늘 준비해야 한다.

일단 그것은 나중 일이고, 그는 케이티에게 이 사실을 자신 이외에 또 누가 아는지 물어보았다.

"이게… 사장님도 알고 있는 건가요?"

"아니요… 아직 본사에서 제의하지 않았어요. 좀 더 구체적으로 확정되어야… 말할 텐데, 아마도 꽤 높은 확률로, 거의 이번 달 안에 제안이 들어갈 게 확실해요."

마지막 말을 하면서 케이티의 음성이 약간 떨린다는 걸 느꼈다.

아직 제의도 하지 않은 걸 민호에게 말해버렸다는 자책감.

민호는 고마우면서도 미안했다.

"저도 사장님께 말씀드리지는 않겠습니다."

"…고마워요…."

오히려 민호가 고마워해야 한다.

그런데도 고맙다고 말하는 그녀에게 무언가 해주고 싶었다.

더군다나 미안한 건 박상민 사장에게만 말하지 않을 거라는 점.

대책을 세우기 위해서는 그 중간에 재권과 반드시 상의해야 할 것만 같았다.

그래서 민호는 이렇게 제안했다.

"혹시 A&K를 떠나실 생각은 없으신가요?"

"……?"

"만약 여러 가지 복잡한 상황이 생기면, 제가 회사에 추천하고 싶습니다. 케이티를 스카우트하는 걸로. 물론 이곳 지점장 자리를 유지한 상황에서요."

"아뇨."

케이티가 그의 제안을 듣고 고개를 흔들자, 민호는 어쩔 수 없다고 생각했다.

아무리 미국 본사에 문제가 발생해도 A&K와 현재의 글로벌 무역상사를 비교한다는 건 말도 안 된다.

실제로 두 회사를 비교하면, 보름달과 반딧불의 차이라고 볼 수 있었다.

민호는 그렇게 생각했는데….

"지점장 둘 중 하나는 평택에 가야 해요."

"……!"

"그리고 아마 제가 가는 게 나을 거예요. 평택에는 대규모의 미군 부대가 있잖아요. 글로벌 마트가 잘 먹힐 거예요. 이곳 매장도 외국인이 꽤 많거든요."

웃으며 말하는 케이티.

민호는 이 대답으로 그녀가 글로벌에 계속 남고 싶어한다는 걸 확실히 알았다.

다시 한 번 느끼지만, 미안하면서도 고마웠다.

⚜

하고 싶은 일은 많다.

해야만 하는 일도 적지 않았다.

하지만 할 수 있는 일은 정해져 있다.

이 모든 것이 바로 돈과 직접적인 관련이 있기 때문이다.

스위스에서 귀국한 지 이틀.

이제 2월의 시작이다.

그리고 2월의 첫날이 되자마자 민호는 회사의 자금 상황을 살펴보았다.

일개 과장이 할 수 있는 일은 아니지만, 박상민 사장은 민호에게 많은 권리를 부여했다.

얼마 전 스위스에서 일 처리를 듣고 결정한 사항이었다.

잠정적으로 민호를 또 하나의 컨트롤 타워로 생각한 것이나 다름없었다.

따라서 웬만한 상황에서 그는 '노 터치' 다.

회사의 최고에 있는 수장이 절대 권한을 준 상황!

재무팀에서 자료를 요구하는 것도 마찬가지.

"여기 있어요, 김 과장님."

일사천리로 어렵지 않게 자료를 건네받았다.

민호는 재빨리 그 자료를 살폈다.

눈에는 그 어떤 기대감으로 가득 찼다.

그러나 1월의 영업 이익을 보는 순간!

곧 그의 눈빛이 가라앉았다.

그곳에 찍혀 있는 액수는 98억 원.

만약 이 수치대로 1년을 보내게 된다면, 1,000억이 넘는 영업 이익을 거두게 되는 것이다.

분명히 나쁘지 않은 액수지만, 그것으로 무언가를 하기는 쉽지 않았다.

당장 돈 들어갈 곳만 해도 태산이다.

케이티와 어제 이야기를 나누었을 때, 가장 급한 것은 A&K 문제다.

아직 제안이 오지 않아 박상민 사장에게 말하지 않았지만, 그쪽에서 넘긴다고 해도 받을 수 있는 자금이 없었다.

이래서 항상 현실과 이상이 충돌하는 것 같았다.

이제는 돈을 당장 마련할 수 있는 일을 생각해 보았다.

신약이 있었지만, 시판일은 다음 달이다.

면세점 역시 이번 달부터 운영하는데, 바로 큰돈이 나오기는 쉽지 않았다.

비축해 두었던 팜유는 동나기 시작하면서, 바닥을 보인다는 이야기를 들었다.

아마 다음 주 설날을 기점으로 소진을 눈앞에 둘지도 모른다.

결국, 목돈을 굴릴 수 있는 사람이나 단체가 필요했다.

그러나 아무리 머리를 회전시켜봐도 민호가 아는 부자는 몇 안 된다.

재권, 그리고 종로 큰 손과 허유정.

이중 재권은 제외해야 한다. 받은 유산이 신약으로 밝혀졌고, 앞으로 무한한 가치를 얻을 수 있지만, 당장 필요한 자금이 아니기에.

종로 큰 손 또한 회전할 수 있는 자금의 권한을 허유정에게 넘겼다.

그렇다면 민호가 알고 있는 부자 중 허유정이 유일한 사람이라는 게 확정된다.

사실 종로 큰 손과 그녀가 얼마의 돈을 가졌는지는 몰랐다.

다만 예전 3천억을 투자했을 때 가진 자산이 장난이 아니라는 것만 느꼈다.

그게 전 재산일 리는 없다.

그래서 재권에게 직접 물어보기로 마음먹었다.

그날 밤 재권의 집을 찾아가서 말이다.

자신을 반겨주는 재권과 김상순 여사.

민호는 다시 한 번 허리를 굽히면서 인사했다.

"저 왔습니다, 어머니. 너무 자주 오죠? 그냥 이 집 가족이라고 생각해주세요. 재권이 형의 동생 민호입니다. 하하하."

"너무 자주라니요? 매일 와도 돼요."

김상순의 얼굴에 진심이 그려져 있었다.

왠지 모르게 민호의 가슴에 흐뭇함이 자리 잡았다.

그건 재권에게도 마찬가지.

민호가 올 때마다 고마운 마음이 불쑥 솟아오른다.

그에게 많은 것을 베풀었다고 하여도, 아직 한없이 모자라는 느낌이다.

그래서 물었다.

"민호야, 뭐 필요한 거 없냐? 차 안 바꿔? 형이 바꿔줄게. 어때?"

"그건 됐고요. 사실 물어보고 싶은 게 있어서 왔어요."

"물어보고 싶은 거? 뭔데?"

묻고 싶은 말을 직접 찾아와서 한다?

분명히 중요한 사안임이 틀림없었다.

하긴 지금 해야 할 일이 산더미같이 쌓여 있었다.

그중 중요하지 않은 게 어디 있겠는가.

"이런 말 묻는다고 오해할까 봐 직접 왔어요. 혹시 유정씨 재산이 얼마나 되나요? 현금 동원 능력."

"잉? 그걸 왜 나한테 물어? 나도 몰라."

"네? 형님도 몰라요? 부부가 된다면서… 무슨 그런 것도 공개 안 해요?"

"너야말로 이상한 소리 한다. 아무리 부부라도 그 부분은 오히려 민감한 거야. 돈 보고 결혼해도 묻지 않는 이야기인데, 아니… 괜히 오해받을 일 있나? 유정이한테 돈 얼마 있냐고 묻다가는…."

생각해보니 옳은 말이었다.

머리가 좋아진다고, 사람들의 심리와 감정을 다 캐치하는 건 절대 아니라는 게 여기서 증명이 되었다.

살짝 시무룩해지는 민호.

"그렇군요…."

그런 민호를 보면서 재권의 눈이 빛났다.

"뭐야? 무슨 일인데? 빨리 말해."

"네? 아닙니다. 그냥 회사에 돈이 좀 필요할 일이 생길 거 같아서요."

"네가 그냥 그렇게 말하는 사람이 아니라는 거… 누구보다도 내가 잘 알아. 확실한 거만 말하는 애가… 빨리 말해. 이제 나… 알잖아. 어느 정도 연기력에도 자신이 있다고. 하하하."

민호는 그의 웃는 모습을 보면서 어쩔 수 없다는 듯이 털어놓았다.

지금 당장 돈이 필요한 이유를.

민호의 말을 다 듣고 재권의 표정이 비슷해졌다.

"그렇군. 들어올 때, 돈 필요하다는 얼굴이었는데… 젠장, A&K에서 그런 내부적인 문제가 터질 줄 몰랐네."

"그러게요. 그쪽에서 지분을 넘긴다고 해도 못 살 상황입니다. 그래서 생각해본 게 유정 씨가 그 지분을 넘겨받고 투자자나 채권자가 될 수 있다는 생각을 했는데…."

"그건 당장 힘들 거야. 유정이가…."

"……."

"2차 금융권 준비에 정신이 없…."

말하던 중간에 재권은 멈칫했다.

민호도 2차 금융권이라는 이야기를 듣고 눈이 커졌다.

"2차 금융이면, 대출이 가능한 거잖아요."

"그… 그렇지."

"대표자는 어차피 박상민 사장님으로 되어 있으니, 내부자 대출심사에도 걸리지 않을 거고요."

"맞아."

물론 위험한 일이기는 했다. 재권이 대표가 아니더라도, 임원인 부분은 금융위에서 조사에 들어갈 경우 큰 문제가 생길 가능성이 있으니.

그러나 민호는 확신하듯이 말했다.

"3월이면 갚을 수 있습니다. 그리고… 내일 어쩌면 유정씨에게 도움이 될 일이 생길 수도 있습니다."

고개를 바로 끄덕이는 재권의 손에 벌써 스마트폰이 들려져 있었다.

바로 오케이 사인을 날리는 것을 보며 민호의 얼굴에 웃음이 그려졌다.

전화를 끊고 나서 다음날 있을 재권의 큰 누나, 안수연과의 만남을 상의한 두 남자.

안수연의 남편, 즉, 재권의 큰 매형은 유민승은 L&S 건설의 대표였다.

얻어낼 수 있는 것은 건설 관련 아니면 현금인데, 현금은 줄 가능성이 없었다.

애초에 그걸 받아낼 수 있었다면, 민호의 자금 마련 계획이 더 순조로웠을 것이다.

다만 유민승의 집안에 대한 한 가지 정보를 가지고 있었기에, 그걸 파고들 예정이다.

그 부분에 대해 집중적으로 재권과 이야기를 나눈 후 민호는 귀가했다.

다음날 오전.

몸이 달았는지 안수연과 유민승이 일찍 민호네 회사를 찾아왔다.

그런데 그들의 몸을 더 달게 만드는 재권이다.

"일단 설명해 드릴게요, 누나. 금고는 다섯 개가 있어요. 아버지가 우리한테 각각 다섯으로 나누어서 유산 분배를 했단 말이죠. 이게 참…."

"그거 다 아는 건데, 그냥 비밀번호를 알려주면 안 되니? 너도 알다시피, 요즘 건설 경기 말이 아니야. 우리에게는 당장 돈이 필요하다고."

민호의 귀에 안수연의 다급한 음성이 들려왔다. 그 옆에 있는 유민승의 표정은 더 다급해 보였다.

그렇다고 비밀의 열쇠를 쥐고 있는 재권에게 화를 낼 수도 없으니, 정말 답답할 것이다.

더구나 다 알고 있다니?

각각의 비밀번호는 모두 같을 가능성이 있다는 건 모르지 않는가.

속으로 웃을 수밖에 없는 민호였다.

어쨌든, 이 모든 게 민호의 기대 이상으로 재권이 협상을 잘해내고 있다는 증거였다.

"그러세요? 돈이 없으세요? 그럼 저한테 주실 수 있는 게 뭔데요?"

"너…!"

안수연은 순간적으로 말을 잊었다.

늘 만만했던 재권이 아니었다. 변한 것인지, 이 모습을 숨기고 있던 것인지 알 수가 없었다.

다만 한 가지 확실한 건, 그에게 정당한 대가를 지불하지 않는 한 비밀번호를 얻어낼 수 없다는 점이다.

한 가지 방법은 안재현과 협상하는 건데, 재권보다 더하면 더했지, 덜하지 않을 거라는 생각이다.

게다가 작년에 계열분리 하면서 쌓은 앙금이 아직 풀리지 않았다.

어쩌면 장기간 풀리지 않을 수도 있었다.

그가 아는 안재현은 냉혹한 사람이었으니까.

그래서 결국 재권에게 합당한 무언가를 안겨주어야 한다는 데 미리 남편과 결론을 지은 안수연.

눈빛을 가라앉히며 그녀의 입이 열렸다.

"돈은 없어. 그러니까… 말해. 원하는 게 뭔데?"

"매형 집안에 금융감독원에 계시는 분이 있던데…."

"……!"

"제 처 될 사람이 이번에 2차 금융권을 준비하고 있어서요."

그 말을 하는 재권의 눈빛이 안수연의 눈에 그대로 들어왔다.

그때 느꼈다.

그는 더 이상 자신이 알던 옛날의 재권이 아니라는 것을.

그녀의 시선이 남편에게 옮겨지고….

유민승이 안경을 고쳐 쓰면서 힘겹게 고개를 끄덕였다.

: 그의 직장 성공기

108회. 재권이 원하는 것 2

정확히 말하면, 2차 금융권 준비는 모두 끝이 났다.

모든 인허가가 완료되고 이제 건물 임대를 통한 개장만 남아 있었다.

그런데 그 과정에서 더 편한 방법을 찾아낸 민호와 재권.

정부의 금융개혁 중 하나, 인터넷 전문 은행이 바로 그것이다.

민호는 재권에게 금융 혁명이라 일컫는 인터넷 전문 은행을 이야기했다.

각종 정부의 혜택을 받을 수 있는 사업인데, 굳이 피할 필요가 없었으니까.

다행히 유정도 사업자 신청을 했다고 말했다.

물론 설날 이후 하는 사업자 선정 발표에 큰 기대가 없이 관망 자세로 바라본다는 이야기를 들었다.

가능성이 없다는 말이었다.

총 세 개의 사업자를 선정하는데, 두 개는 기존의 1금융권, 나머지 하나는 2금융권이다.

문제는 아직 인허가도 받지 않은 유정의 저축은행이 사업자에 선정될 확률이 매우 낮다는 것.

그걸 높이기 위해서 재권은 자신의 매형인, 유민승에게 강하게 어필했다.

"하지만 형님이라면 할 수 있을 거예요."

"음…."

재권의 말에 '막무가내'가 섞여 있었다.

단순히 저축은행이 아니라, 그것과 동반된 인터넷 전문은행이라니….

"처남, 그게 쉬운 일이 아니라는 걸 알잖아?"

"세 번째인, 저축은행의 기준은 보유자산이 제1항목이라고 들었어요. 제가 장담합니다. 보유자산만큼은 누구한테도 뒤지지 않을 거예요."

그럴 수도 있고 아닐 수도 있었다. 그러나 유정이 지닌 재산이 꽤 많은 것은 사실. 제1금융권과는 달리 안정성을 중시하는 제2금융권을 보는 기준에서 현금 보유량은 꽤 중요했고, 유정은 그 부분에서는 자신 있어 했다.

그 자신감이 전이된 게 분명했다.

재권 역시 눈에 강한 자신감을 담고 있었으니까.

예전에 보던 처남의 모습이 아니라서 유민승은 살짝 당황하며 대답했다.

"일단 노력해보지."

"많이 하셔야 할 겁니다."

재권은 특히 '많이' 라는 단어에 힘을 주었다.

이들의 대화가 끝나기를 기대한 사람은 안수연이다.

"그럼 이제 알려주는 거니? 비밀번호…."

유민승과 안수연의 눈에는 이제 절박함 이상의 그 무엇이 담겨 있었다.

빨리 말해달라는 요구!

하지만 재권은 아무 대답없이 그들을 바라보고만 있었다.

재권의 여유는 이제 화를 증폭시켰는데, 아이러니하게도 그 분노는 폭발시킬 수 없었다.

당연하다. 지금의 갑은 재권이었으니까.

어쨌든, 이렇게 꾹꾹 눌러 담는 그들의 눈에 강한 물음표가 담겼다.

아무 말도 하지 않은 채 재권이 일어섰기 때문이다.

"……?"

"……?"

그들도 같이 일어설 수밖에 없었다.

그러면서 안수연이 한마디 했다.

"얘, 비밀번호를 알려주고 가야지."

그러자 룸의 손잡이를 잡으며 재권이 말했다.

"누나, 난 알려주면 끝이잖아. 누가 먼저 무언가를 해야 하는지는… 누나가 더 잘 알 거야. 오늘은 그냥 조건만 들어보는 걸로 끝내자."

"그…."

"전화는 내가 또 할게. 작은 누나한테 먼저 연락 오고 그쪽 조건도 들어봐야 해서…."

말문이 막혔다.

재권은 한 방에 모든 걸 해결하려고 하는 것만 같았다.

자신에게, 그리고 자신의 형제자매에게 그동안 당했던 설움을 이번 기회에 최대한 풀어보려고 한다는 느낌?

짧은 시간, 이제야 재권이 어떻게 자라왔는지 그녀의 머릿속에 주마등처럼 흘러 지나갔다.

그러다가 시선을 돌렸을 때, 자기를 바라보는 민호의 눈빛이 보였다.

그녀는 느꼈다. 어쩌면 이 모든 계획이 그에게서 나왔을지도 모른다고.

⚜

"나 잘했지?"

프리머스 호텔을 나오면서 웃으며 말하는 재권.

마치 칭찬받는 걸 기다린다는 표정으로 민호를 바라보며 걸었다.

"연기력이 신인상은 충분하겠어요."

"잉? 대상 노리고 있는데…."

"아직 구 과장의 연기력은 능가하지 못했어요."

짜다. 돈 드는 것도 아닌데, 말로 칭찬해줄 수 있지 않은가.

그럼에도 불구하고 민호는 그 이상은 평가하지 않았다.

아직 한 단계가 더 남은 것이다.

그리고 그 한 단계를 위해 회사에 들어와서 재권은 초조한지 계속 돌아다니고 있었다.

본부장의 사무실 내부를 몇 바퀴 돌았는지 모른다.

앉아 있는 민호의 정신이 사나울 정도로.

그러다가 멈추는 재권.

"전화해 봐야 하는 거 아니야?"

"아뇨. 분명히 먼저 연락할 겁니다. 안수연이… 형님의 큰 누님이 작은 누님한테 전화하지 않을 리가 없습니다. 급한 건 형님이 아니라는 걸 계속 보여줘야 하잖아요."

민호의 말에 안정감을 다시 찾은 재권이다.

다시 소파에 앉은 것은 물론이고.

진인사대천명이라고 했던가.

– 음, 오, 아, 예, 그래 난 다가가겠어~ 넌 내 취향 저격~

그의 벨 소리가 본부장실을 가득 메웠다.

재권은 재빨리 수화기를 들었다.

그런데 그의 눈이 커졌다.

그걸 보고 민호는 고개를 갸웃거렸다.

"누군가요?"

재권이 수화기를 들어 화면을 보여주자 민호의 눈도 같은 크기로 변했다.

– 작은 악마.

재권의 작은 형, 안재열이다. 그가 무슨 일로….

"받아보세요."

"작은 형은 하이에나야."

"그러니까요. 받아보세요. 사자가 하이에나에게 겁먹을 필요는 없잖아요."

그렇다. 자신은 사자다. 아니 최소한 민호가 그 말을 했다면, 자신은 사자의 아들이다.

눈빛을 다시 가다듬으며 수화기의 버튼을 눌렀다.

바로 거들먹거리는 목소리가 들렸다.

(어, 그래.)

"……."

(야, 내 목소리 안 들려?)

"말해."

(……!)

스피커폰으로 들리는 소리에 민호는 씩 웃었다.

엄지손가락을 치켜 올렸다.

그만큼 재권은 잘해주고 있었다.

안재열은 재권의 반말에 깜짝 놀라는 것 같았다.

아무 말도 하지 못하는 거 보니. 그러자 재권은 바로 치고 들어갔다.

"할 말 없나? 없으면 끊을게."

(자… 잠깐! 잠깐만….)

상대와 협상할 때, 절대 끌려다니면 안 된다.

그게 민호의 제1원칙인데, 재권은 점점 그것을 흡수하고 있었다.

생각할 시간을 주는 것도 금물.

사자의 아들은 점점 사자를 닮아가고 있었다.

"뭔지 빨리 말해. 나 바쁘니까…."

(작은 누나한테 들었어… 네가 비밀번호를 알고 있다고….)

협상의 제2원칙.

자기 생각대로 흘러가지 않아도, 절대 당황해서는 안 된다.

민호는 혹시나 재권이 당황할까 봐 살짝 걱정했지만, 그건 단지 기우였다.

"큰 형도 알고 있을 거야. 그러니까 가서 물어봐."

(그… 그….)

"그럼 진짜 끊는다."

(재권아! 재권아!)

재권은 전화하면서 민호를 계속 바라보고 있었다.

민호는 손으로 통화종료 버튼을 누르는 시늉을 했다.

진짜 끊으라는 뜻이다.

일단 지금은 생각하고 상의할 시간이 필요했다.

뚜우-

그래서 바로 자신의 제스쳐대로 통화 종료 버튼을 누르는 재권을 보며 민호가 입을 열었다.

"이건 정말 뜻밖인데요?"

"나도 놀랐어. 작은 형은 절대 나에게 전화할 사람이 아니거든."

"다시 전화 올 것 같은데요."

민호의 그 말이 끝나기도 전에 수화기가 울렸다.

"바쁘니까, 한 시간 후에 전화해달라고 말씀하세요."

고개를 끄덕이는 재권은 바로 민호가 말한 것을 실행했다.

떨떠름한 상대의 목소리. 하이에나, 안재열은 재권의 바뀐 모습에 지금 머릿속으로 많은 생각을 할 것이다.

"계산해도 답이 나오지는 않을 겁니다. 이제 형님이 호락호락하지 않다는 걸 깨달았을 테니까요."

"근데 큰 형한테 알아내면 되잖아."

"엄청난 출혈을 감수해야 얻어낼 수 있나 보죠."

"그럴만한 가치가 있잖아. 우리만 해도 신약을…."

잠시 거기까지 말하다가 중지한 재권.

이제야 알았다는 듯이 말을 내뱉었다.

"하긴 뭐가 들어있는지를 모르지?"

"맞습니다. 손해와 이익을 모르는 상태에서 섣불리 가진 걸 토해내기는 힘들겠죠. 아까 큰 누님이야, 매우 급한 상황이라서 지푸라기라도 잡는 입장이었고."

"그런데 작은 누나는 급하지 않다는 건가? 전화를 하지 않네."

"아직 성혜 그룹 소속입니다. 큰 누님은 작년에 저희와 비슷한 시기에 계열 분리했고. 그건 큰 차이죠. 그렇지만 알고 싶은 건 같은 마음일 겁니다. 제가 작은 누님을 못 봐서 그러는데… 셋 중에 가장 계산적인 분 같아요."

민호의 말에 재권은 고개를 끄덕였다.

잠시 작은 누나, 안하나의 예전 모습을 생각해 보았다.

안재열이 하이에나라면 그녀는 여우였다.

오히려 둘에 비해서 큰 누나 안수연은 순진할 정도다.

아무리 그래도 머리 싸움에서라면 자신에게는 민호가 있었다.

"그래서 한 시간 후에 작은 형한테 전화 오면… 어떻게 할까?"

"먼저 그쪽에서 만나자고 할 겁니다. 그러면 만나서… 일단 안하나에게 하려던 방법을 쓰면 되죠."

안하나에게 하려던 방법.

전화가 왔을 때, 재권은 바로 요구사항을 말했다.

"돈 필요하지 않아?"

(…….)

"돈 빌려주려고 그러는데, 물론 담보는 반드시 주식이어야 해. 이번에 내 처 될 사람이 저축은행을 경영하거든. 고객 모으기가 쉽지는 않아서 말이야. 내가 형한테 첫 번째 큰 고객이 될 기회를 줄게."

(생… 생각할 시간을 주라.)

"당연하지. 내가 설마 그 시간도 안 줄까 봐? 형, 알잖아. 나 예전에 형들이랑 누나한테 생각할 시간 항상 줬어. 특히, 형한테 많이 맞았잖아. 그러고서는 아버지한테 안 혼나려고 '마아아아앓이' 생각했었을 거야. 난 그 시간을 늘 충분하게 줬고. 안 그래?"

예전에 있었던 일을 자꾸 들먹이는 재권의 이야기에 상대는 꿀 먹은 벙어리가 될 수밖에 없었다.

그러다가 재권의 기습공격에 또 한 번 당했다.

"대신 나도 생각할 시간이 많아져서 좋지 뭐. 사실 지금 조건이 썩 내키지는 않거든. 더 받아낼 수 있을 거 같은데… 분명히 더 받아낼 게 있을 거 같은데…."

(아… 알았다. 알았어. 네 뜻대로 하마. 좋아. 얼마나 빌려줄까? 응?)

결국, 안재열은 백기를 들고 말았다.

그리고 잠시 후.

같은 방식으로 여우 또한 항복했다.

바로 재권의 작은 누나 안하나가 눈치만 보다가 그제야 재권에게 전화를 건 것이다.

덕분에 그녀는 안재열보다 더 많은 금액을 빌린다는 약속을 해버리고 말았다.

자신의 세 형제자매에게 항복을 받아낸 재권은 문득 의문이 들었다.

그들 중 일부, 즉, 안재열이나 안하나는 안재현에게 비밀번호를 알아낼 수 있었을 텐데, 굳이 자신에게 알아내려고 한 이유가 무엇일까?

이것에 대한 해답은 민호가 했다.

"제가 안재현이라면 지배구조를 강화하기 위해서 주식을 내놓으라고 했을 거예요. 그들 모두 지주회사에 지분이 있잖아요. 나중에 뭉치면 약간의 위협 정도는 할 수 있는 분량. 그것을 다 빼앗을 기회였으니, 안재현의 입장에서는 꿩 먹고 알 먹고죠."

"그런데 우리 '마왕' 형님은 이제 둘 다 못 먹게 되겠군. 네 계획 덕분에."

"칭찬이십니까?"

"당연하지."

민호가 어깨를 으쓱하며 자신에게 묻자, 재권은 원하는 것을 가득 얻어낸 표정으로 민호를 보며 웃었다.

109회. 설날

드디어 민족의 명절, 설날이다.

전날 유미는 민호와 한참 실랑이를 했다.

민호가 먼저 유미네 집에 찾아가서 인사한다고 했더니, 그게 아니라고 하는 주장 때문이다.

남자 집에 먼저 가야 한다는 유미는 시대를 역행하는 여자임이 분명했다.

사실은 그녀의 집에서도 그렇게 하라고 했다.

거기다가 그녀의 아버지는,

– 그냥 그 녀석은 데리고 오지 마라.

라고까지 남겼다.

물론 그녀는 그렇게 할 생각은 없었던 것으로 보인다.

일단 아버지의 말을 한 귀로 흘린 후, 재빨리 집을 나섰다.

민호의 집에 도착했을 때, 모든 가족이 그녀를 반갑게 맞이했다.

그리고 민호의 아버지, 김만식이 대표로 말했다.

"어서 와라. 세뱃돈은 두둑이 준비해두었다."

실제로 그는 봉투에다가 오만원권 두 장을 담았다.

민호의 어머니, 유옥경 여사는 세뱃돈 대신 덕담을 건넸다.

"유미야, 우리 민호 좀 빨리 데리고 가라."

그 말을 듣고 민호의 인상이 살짝 찌푸려졌다.

그런데 이어진 유미의 말은 그를 더 놀라게 만들었다.

"데리고 가는 것보다, 제가 들어와서 부모님을 모셔야죠."

"……!"

"……!"

민호 부모님의 표정은 민호의 그것과 비슷하게 변했고, 심지어 민호의 여동생, 김민경 또한 눈이 동그래졌다.

요즘은 이런 발언이 파격적일 수밖에 없었다.

그래서 유미의 집에 가는 길에 민호는 그녀에게 진심이었느냐고 물었다.

"응. 난 그렇게 불편할 거 같지는 않아. 잘 해주시잖아."

"으응."

민호는 약간 작은 목소리로 대답했다.

솔직히 그에게 부모님과 함께 산다는 건 불편한 일이었다.

자기 혼자면 모르겠지만, 유미와 함께라면 굳이 부모님과 살면서 눈치 보며 살고 싶지 않았다.

물론 여기서 말하는 눈치란 '밤의 일' 을 말한다.

그래서 조심스럽게, 너무 조심스럽다 보니 유미의 귀에도 들리지 않게 말했다.

"사실 내가 불편해…."

그런데 유미는 그의 모기 목소리를 듣지 못한 듯 계속 말을 이어갔다.

"거기다 맞벌이 계속 할 거 아니야? 어쩌면 아이도 생길지도 모르고…."

그녀의 얼굴빛이 붉어졌다.

그런 이야기가 처녀의 입에서 나온다면 당연히 안면홍조를 만들 수밖에 없는 일이다. 그러느라고 더더욱 민호의 모기 목소리를 들을 수 없었다.

"바로 그 아이 만드는 일 때문에… 부… 불편한데…."

"마지막으로 돈도 빨리 모을 수 있잖아. 일석삼조야. 일석삼조."

민호는 그 말에 아무런 반응 없이 차를 유미의 아파트에 진입시키고 있었다.

유미의 언행일치에 대해서 속으로 감탄했지만, 그는 부

모님과 같이 살 생각은 전혀 없었기에.

이미 그는 유미에게 중독되어 있었다.

특히 낮에는 요조숙녀, 밤에는 요부가 되는 그녀의 마력!

남자라면 절대 거부하지 못할 것이다.

따라서 신 나게 유미와 누리면서 사는 게 그의 꿈이었다.

정글과 같은 직장생활. 비록 그가 그 누구도 이루지 못한 직장 성공기를 보여주고 있지만, 힘들지 않은 것은 아니다.

집은 안식처. 직장처럼 눈치 보여서 할 수 있는 걸 못한다면, 얼마나 스트레스 받겠는가.

"일단 그건 나중에 이야기하자, 유미야."

주차를 시키는 상황이었다.

이제 민호가 유미의 부모님께 세배할 차례.

이런 대화는 나중에 둘이 같이 있을 때 하면 된다고 생각한 그는 그녀의 손을 붙잡고 당당히 그녀의 집에 들어섰다.

그래도 목소리를 먼저 낸 사람은 유미다.

"엄마, 아빠~ 저 왔어요. 오빠도 왔어요!"

아들 가진 집과는 확실히 다른 반응이다.

그녀의 어머니는 민호를 따뜻하게 맞이했지만, 그녀의 아버지, 정필호는 소파에서 시큰둥하게 바라보며,

"왔냐?"

라고 말하고 다시 신문을 보았다.

그녀의 남동생, 정유철도 마찬가지다.

비록 아버지만큼은 아니지만, 관심 없다는 표정으로 일어서며 살짝 고개를 숙였다.

정유철은 올해 고등학교 3학년으로 올라간다.

민호는 그래도 깍듯하게 허리를 굽히며 유미의 부모님께 인사했고, 정유철에게도 부드러운 말투로 인사를 받았다.

"어어, 처남. 잘 있었어?"

'처남' 이라는 호칭은 완전히 기습 공격이다.

그동안 유미의 아버지 어머니에게는 장인어른과 장모님이라는 호칭을 쓰지 않았으니까.

그래서 그런지 신문을 보던 정필호가 살짝 인상을 찌푸렸다.

마음 같아서는 누구 맘대로 처남이냐고 말하려고 했는데, 유미의 눈치가 보여 가만히 있었다.

"아, 처남. 이제 고3이지? 좀 있으면 대학생이네. 시간 진짜 빨리 가는 거 알지? 좀 있으면 군대 가고, 취!직!해야 하는데…."

유독 취직이라는 말을 강조할 필요가 있었을까?

고작 고3 학생한테?

그런데 민호는 오히려 그 말을 더 강조하며 정유철의 어깨를 두드렸다.

"나중에 처남 취직할 때쯤, 내가 회사 경영진에 있을지도 몰라. 그럼 미래의 매형한테… 잘 보여야지. 안 그래?

하하하. 농담이야."

"아… 네."

정유철의 표정이 바뀌었다. 아직 어린 고등학생이지만, 요즘 고등학생은 꽤 사회를 잘 안다. 이미 선생님들한테 요즘은 취업 백수도 많다는 말을 꽤 들었다.

그렇다면?

"하하. 매형. 농담도 잘하시네요. 어차피 나중에 저한테 잘해주실 거잖아요."

"당연하지. 매형이 처남을 안 봐주면 누가 봐주겠어? 안 그래?"

"와아, 든든하네요. 하하하."

갑자기 변한 모습의 장래 처남.

민호의 작전은 성공했다.

자신에게 협조적인 유미의 어머니는 큰 걸림돌이 안 되고, 관심 없는 정유철은 자신의 편으로 만들어 두었다.

아예 도장까지 찍기 위해서 정유철의 주머니에 오만 원권을 집어넣는 민호.

당연히 유미가 시선을 다른 곳에 둘 때 한 일이었다.

이제 세배의 순간이 다가왔다.

"장인어른, 장모님! 세배받으십시오!"

"응? 으응. 그래요. 호호호. 이거 기분이 묘한데요?"

유미의 어머니는 빨리 반응했는데, 그녀의 아버지는 여전히 신문을 보고 있었다.

민호가 봤을 때, 그의 얼굴에 쓰여 있는 의미는 '어디다 대고 벌써 장인어른이라고 불러!' 였다.

하지만 그런 그를 가만두지 않은 것은 유미.

"아빠, 세배받으셔야죠!"

"……."

"늘 강조하셨잖아요. 인사. 세배는 1년 중 첫 인사나 마찬가지라면서… 안 그래요?"

당연히 그랬다.

하지만 지금 이 상황이 썩 마음에 들지 않아서, 그 말을 취소하고 싶었다.

울며 겨자 먹기로 소파에서 일어나서 거실에 앉은 정필호.

민호와 시선도 맞추지 않고 말한다. 매우 작은 목소리로.

"그… 그럼 세배를 하던가…."

"넵! 그럼 세배하겠습니다. 새해 복 많이 받으십시오. 그리고 올 한해, 건강히 지내십시오!"

반대로 민호의 목소리는 매우 컸다.

그런데 세배 이후의 목소리가 작았다.

시선은 정필호에게, 내용은 약간 은밀하게.

"장인어른, 유미에게 들었는데… 혹시 과자도 만드십니까?"

"응? 으응. 하청을 받아서 하는데…."

"그럼 우리 회사에서 이번에 식품 쪽으로 확장하려고 하는데, 혹시 하청을 부탁해도 될까요?"

갑자기 정필호의 눈이 번쩍 뜨였다.

그렇지 않아도, 그는 요즘 걱정이 있었다.

하청을 주던 회사가 설 이후로 납품을 더 받지 않는다고 말했던 것이다.

보수적인 성격의 그는 이런 일을 결코 가족과 상의하지 않았다.

가장이 모든 걸 책임지고 이끌어가야 한다고 생각한 정필호.

속으로 고민만 쌓였기에, 오늘 온다는 민호가 더 탐탁지 않았다.

그런데 그의 회사에서 하청을 줄 수 있다니?

"자… 자네가 그… 그런 힘이 있어?"

"아, 유미가 통 회사 이야기는 안 하는군요?"

"그렇지. 일 이야기는 안 하더라고…."

"제가 그 정도의 힘을 쓸 수는 있습니다. 하하하. 그래서 장인어른이 여러 군데 거래하는 건 알지만, 바쁘시더라도 이번 기회에 우리 회사 좀 도와주십시오."

은근히 본인을 띄우기도 하면서 자신의 체면까지 세워준다.

갑자기 그가 예뻐 보이는 건 당연한 일.

그렇다고 순식간에 안면을 바꾸기도 좀 그래서 조용히 민호에게 말했다.

"험, 험. 그래, 자네 술도 잘 먹나?"

"장인어른이 주시는 거라면 당연히 먹어야죠."

"그… 그렇지? 그럼 저녁까지 먹고 가게. 저녁 먹고 술 마시면서… 아까 자네가 했던 그 부탁, 응? 그거 이야기를 좀 해야지."

"아이고, 그렇게 해주시면 저야 감사하죠. 하하하."

남자는 허세다!

옆에서 그들을 보는 유미는 그걸 아주 잘 알고 있었다.

두 남자의 허세는 꽤 잘 어울리는 것 같았다.

정확히 말하면 민호가 정필호의 비위를 잘 맞추어주고 있었다.

그녀는 기쁘기 그지없었다.

이제는 좀 더 속도를 낼 수 있겠다고 생각했다.

그녀 역시 그와 함께 가정을 이루고 싶었기에.

그날, 설날의 저녁은 화기애애한 가운데 잘도 시간이 갔다.

⚜

민족의 명절, 설날이 끝나면 사람들은 집단 후유증을 앓는다.

기력이 탈진한 것 같은 기분.

특히, 직장인에게 이런 증상이 심화하는데, 글로벌 무역상사에 다니는 사원들 역시 마찬가지다.

이곳저곳에서 기혼녀들은 푸념을 늘어놓고, 흡연구역에서 기혼남들도 마찬가지로 자신들의 와이프와 싸웠다는 화제가 주를 이룬다.

그러나 민호는 아니다.

그는 이번 설날 눈에 보이는 뚜렷한 결과를 이루어냈다.

바로 유미 식구의 전폭적인 지원.

이제 그의 나이 스물아홉이다.

요즘 시대에 결혼하기 매우 이른 나이라고는 하지만, 그는 절대로 그렇게 생각하지 않았다.

빨리 결혼해서 빨리 안정을 이루는 게 성공하는 길이다! 는 표면적인 이유고, 밤마다 유미를 안고 싶은 게 진짜 이유였다.

자꾸 그 생각을 하다 보니 머릿속에 무언가가 그려지고, 입도 벌어졌다.

그래서 자신을 부르는 소리를 못 들었다.

"김민호 과장!"

"네?"

민호는 시선을 돌려 자신을 부르는 사람을 보았다.

종섭이었다.

"명절 후유증 겪는 거야? 몇 번을 불렀는데, 대답을 안 해."

"아, 뭐… 그런데 왜요?"

"왜긴…."

종섭은 살짝 주변을 둘러보았다.

이쪽을 보는 사람이 있는지 확인하기 위해서다.

다행히 다 자기 일에 바쁜 것 같았다.

기회였다. 민호에게 지난번에 이야기했던 곳을 가자고 할 수 있는.

"지난번에 한 약속 잊었어?"

"아…."

민호는 이제야 그가 자신을 부른 이유를 깨달았다.

찜질방에 가자는 약속. 이번에는 어쩔 수 없이 지켜야 할 것 같다는 생각을 했다.

다만….

"그럼 이따 퇴근 후에 갑시다."

"응? 퇴근 후에?

"네, 조금 있다가 본부장님과 가볼 데가 있어서요."

오늘 유정의 저축은행이 드디어 개점한다.

그래서 재권과 함께 가보기로 약속했다.

그 약속도 지켜야 하기에 종섭의 약속을 퇴근 후로 미루는 민호.

종섭은 일단 그의 제안을 수긍했다.

"그… 그래. 알았어. 약속 잊지 마!"

지금까지 참아왔는데, 조금 더 못 참을까?

오히려 얼굴에 미소가 가득 스며 나왔다.

드디어 복수의 시간이 도래한 것이다.

희희낙락. 표정에 그의 생각이 마구마구 담겨 있었다.

'쯧쯧쯧….'

그런 종섭을 보면서, 민호는 마음속으로 혀를 찼다.

굳이 찜질방에 가서 친분을 쌓고 싶은 종섭의 마음을 도저히 이해를 못 하겠다.

그래도 이왕 한 약속이다.

이번만은 그의 소원대로 찜질방을 가준다는 약속을 지키겠다고 생각하며 다시 바쁜 하루를 시작했다.

110회. 막내의 권위

유정의 저축은행은 종로 한복판에 개점되었다.

돈을 거래하던 사람이다.

장소를 옮기는 것보다, 거주지에서 멀리 떨어지지 않은 곳이 그녀에게 훨씬 낫다고 생각했다.

그동안 음성적으로 거래되었던 돈 관계를 양성화하는 작업.

그 가운데 그걸 싫어하는 사람들도 있었다.

그렇다 할지라도 최소한의 거래를 위해서 은행을 방문해야 했다.

찌라시 공장이 건재하는 한, 뒤가 구린 사람들은 허유정에게 잘 못 보이면 안 된다는 걸 알고 있기 때문이다.

물론 민호와 재권이 들르는 이유는 그들과 달랐다.

여러 가지 크고 작은 목적 때문이다.

그 첫째가 바로 통장을 만들기 위해서다.

"첫 거래 고마워요, 민호 씨."

"아닙니다. 제가 늘 고맙죠."

항상 냉정한 표정만 지을 주 알았던 유정이 민호에게 고마움을 표시했다.

사실 그럴 만도 했다.

벌써 안재열과 성혜 택배의 둘째 사위, 이철환 대표가 대출 문의를 해왔다.

재권에게 자세한 이야기를 들은 그녀.

이 모든 게 다 민호의 머리에서 나온 거라는 걸 알고 있었다.

유정은 자신을 위해서도, 그리고 이제 결혼식을 앞둔 예비신랑이자 자신의 남편을 위해서도 민호는 절대 적으로 돌려서는 안 된다고 다짐했다.

심지어 지금도 뭔가 아이디어를 계속 꺼내놓는 민호에게 그녀는 또 고마움을 느껴야 했다.

"이게 첫날의 풍경인가요? 사람 진짜 많은데요? 그런데 이벤트도 하고 그러세요."

"이벤트야 하고 있죠. 첫 거래를 위해서 통장에 돈을 좀 넣어주거나, 정기적금이나 예금의 이율을 높이거나…."

"에이, 그런 보통 은행에서나 하는 이벤트 말고요."

"그럼…."

또 무슨 말을 하려는 것일까?

민호의 입을 주시하는 그녀는 귀를 잔뜩 열어, 단 한 마디도 흘겨 듣지 않으려고 했다.

일단 셋은 점장실로 들어가서 이벤트에 대한 화두를 이어갔다.

"온라인 쇼핑몰과 연계하세요."

"……."

"어차피 오늘 오후에 인터넷 저축 은행 발표가 있어요. 방문하는 고객을 온라인으로 얼마나 이끄느냐에 따라서 초반 성공을 이어갈 수 있잖아요. 그런 의미에서 이번에 우리도 온라인 쇼핑몰을 열어요."

민호가 하는 말은 글로벌 마트의 온라인 쇼핑몰을 의미한다.

지난달에 오픈한 글로벌 마트가 이제 온라인에서도 혁명을 일으키기 위해 그동안 준비한 과정.

민호 역시 글로벌 마트의 온라인 판매 신장을 위해서 카드사와의 이벤트를 모색하고 있었는데, 유정의 저축은행은 서로 이해관계만 맞으면, 마진을 낮추고서라도 이벤트를 추진해도 상관없었다.

"체크카드와 연계하는 방법이 가장 좋을 거 같아요. 이벤트 요율을 50대 50으로 나누는 거 어때요?"

"저희야… 좋죠."

"그럼 되었네요. 어차피 여기 책임자가 있는데…."

민호는 재권을 가리키면서 계속 말을 이었다.

"중이 제 머리 못 깎는다고, 제가 나선 겁니다. 형님, 바로 추진하도록 전화 넣을게요."

민호의 말에 고마워서 어쩔 줄 모르는 재권. 민호 말대로 중이 제 머리를 깎는 건 거의 불가능해 보였다.

그런 의미에서 하나 더 확인해야 하는 게 바로 대출 문제다.

"자, 이번에는 대출을 상의해야 할 거 같아요."

"그건 어제 오빠랑 다 이야기가 끝났어요."

"알고 있습니다. 그런데 회사 주식을 담보로 해주실 거죠? 매우 저리로? 그리고 상환 수수료는 없어야 합니다."

"……."

민호의 말에 대답이 없는 그녀.

손해를 보기 싫어하는 성격은 종로 큰 손의 피를 그대로 이어받은 것처럼 보였다.

방금까지 민호를 적으로 돌리지 말아야 한다는 다짐과는 별개로 손해는 보기 싫었다.

어차피 저금리 시대다. 낮은 이자는 상관이 없지만, 기간은 꽤 오래 유지하고 싶어 했다.

그래서 상환 수수료를 좀 높이면 빠른 기간 안에 돈을 갚을 수 없다는 맹점을 이용하고자 했다.

그런데 민호는 이럴 줄 알았다는 듯이 재권에게 잠시 시선을 돌린 후 재빨리 말했다.

"형님이 상환 수수료를 말씀 안 하셨네요."

재권은 그와 눈을 잠시 마주쳤다가 아차 싶은 나머지 시선을 돌렸다.

꼼꼼하지 못했다기보다는 유정이에게는 하고자 하는 말을 다 못하는 경우가 많았다.

사실 워낙 유정이가 능수능란하다.

지금도 시치미를 뚝 떼고 민호의 눈을 똑바로 바라보며 말했다.

"그런 이야기는 못 들어서요."

"에이, 그건 알아서 해주셔야죠. 대신 이제 시댁 식구가 되시는 분들한테 톡톡히 받아내시면 되잖아요. 그렇지 않아요?"

민호가 말하는 시댁식구란 재권의 형제자매들을 의미한다.

그들 중 안재열과 안하나의 남편 이철환은 벌써 대출까지 문의했다.

대출 액수는 정하지 않았다.

다만 재권의 구미를 맞추기 위해서 꽤 고민해야 할 것이라는 게 민호의 예측이다.

거기다가 이자를 높이고 상환 수수료를 크게 걸어도 꼼짝없이 당한다.

이걸 유정에게 선사한 것이니 민호는 당당하게 주장할 수 있다.

결국, 민호의 말대로 항복을 선언한 유정. 이럴 때는 맞서는 게 과히 좋지 않다는 걸 이미 알고 있었다.

그리고 그녀의 관심사는 오후에 발표할 인터넷 저축 은행 사업자 선정 발표에 가 있었기에, 민호와 머리싸움 또는 줄다리기할 마음의 여유는 없었다.

이제 곧 발표 시간이 되어 점장실에 있는 TV를 켰다.

"긴장되네…."

재권이 오히려 가장 긴장했고, 민호는 담담히 바라보았다.

거의 확실할 것 같았다. 비밀번호를 얻어내기 위해서 최선을 다하지 않으면 안 되는 일일 테니.

아무튼, 잠시 후 경제 관련 뉴스가 나오고….

은행 문을 닫을 무렵 드디어 인터넷 저축 은행 사업자 선정 발표가 났다.

뉴스를 듣는 순간 세 사람의 얼굴에 웃음이 가득했다.

결과를 알 수 있는 표정이었다.

세 사람 중 민호가 먼저 말을 꺼냈다.

"축하합니다, 형수 님."

"다 덕분이죠. 열심히 하겠습니다."

민호는 그녀의 얼굴에 미소가 또 한 번 열리는 것을 보고 흐뭇했다.

그녀의 표정에서 종로 큰 손의 얼굴이 보이는 것 같았다.

갑자기 보고 싶어졌다.

하지만 참아야 한다. 신약 출시가 되고 나서 약 들고 내려가기로 결심했으니 말이다.

일단 민호는 유정에게서 재권에게로 시선을 옮기며 말했다.

"이제 큰 누님께 알려줘야죠."

"응? 지금?"

"발표에 영향을 끼쳤다면, 바로 해주는 게 좋아요. 그래야 남은 두 사람의 결정을 앞당길 수 있습니다."

"만약 큰 누나가 비밀번호를 공유한다면?"

"글쎄요… 그럴 거 같으세요?"

절대 아니다. 그래서 재권의 얼굴에 씁쓸한 표정이 떠올랐다.

슬픈 현실이지만, 재권의 형제자매들은 돈이 될 수 있는 정보는 공유하지 않았다.

오히려 서로 견제하기 바빴다.

그런데 참 대단한 일이다.

민호는 그들의 심리까지 내다보고 있었다.

그들과 같이 자란 재권도 긴가민가한 일에, 머리로 그들의 역학관계를 다 계산해 놓았다.

"알았다. 지금 전화할게."

재권이 수화기를 들고 알려준 비밀번호.

그의 큰 누나는 떨리는 목소리로 다시 확인했는데, 진짜 확인은 스위스에서 해야 할 것이다.

전화를 끊고 바로 스위스행 비행기를 타러 가는 그녀의 모습이 재권의 머릿속에 그려졌다.

그리고 민호의 예상이 아주 정확하게 맞아떨어진다는 증명.

곧이어 은행을 찾아온 사람들이 있었다.

문을 닫았는데도 찾아온 이유는 돈을 빌리기 위해서다.

– 음, 오, 아, 예, 그래 난 다가가겠어~ 넌 내 취향 저격~

재권의 전화기가 불이 났다.

받자마자 용건을 말하는 사람.

먼저 그의 작은 누나, 안하나였다.

어깨를 으쓱하며 재권은 민호와 유정이 들을 수 있도록 스피커 폰을 열어주었다.

(재권아, 은행 앞에 왔는데, 문이 닫혔다. 어떻게 해? 응?)

"어 그래요? 유정이에게 전화해보시지…."

(해도 안 받으니까 너한테 했지.)

그때 유정이 가방에서 스마트폰을 꺼냈다.

아까 사업자 선정 발표를 보는 데 신경 쓰는 나머지 무음모드로 한 것을 이제야 깨달았다.

그녀는 재권에게 재빨리 모션으로 무음모드를 신호했다.

그러자 재권은 미소를 지으면서 안하나에게 말했다.

"그럼 제가 연락해 볼게요. 그런데 거기서 좀 기다리셔야 할 텐데… 그냥 내일 오시는 게 어떻겠어요?"

(아냐, 아냐! 기다릴게, 기다려야지. 우리 빨리 대출받아야 해. 사실 네가 말 안 해도 대출이 좀 필요했어. 회사 사정이 안 좋거든. 그런 의미에서 정말 고마워. 역시 우리 막냇동생이야. 호호호.)

억지 웃음소리에 민호와 재권도 쓴웃음을 지었다.

안하나의 남편, 이철환이 운영하는 성혜 택배는 아직 계열 분리를 하지 못했다.

안 한 게 아니라, 못 했다는 것. 그만큼 자생력이 없다는 의미였다.

그래서 사실 돈이 없다는 그녀의 말이 일견 맞을 수도 있지만, 그룹에 속해 있는데 지원을 끊을 이유도 없었다.

실제로 안판석 회장이 고인이 되고 무역상사와 건설회사가 계열 분리를 했을지라도, 안하나는 큰 오빠, 안재현에게 다시 알랑방귀를 뀌면서 붙어 있었다.

그게 바로 계속 지원을 받은 이유였다.

이제 그녀는 알랑방귀의 대상을 바꾸려고 시도하고 있었다.

유정이 문을 열어주고 자신의 남편인 이철환과 점장실에 들어왔을 때, 재권을 발견하며 바로 웃는 이유가 바로 그 때문이었다.

"어머, 재권아! 넌 어쩜… 볼수록 아버지를 닮아가니?"

"그래요?"

"당연하지. 요즘은 사업 수완도 꼭 아버지 같아."

그녀의 말을 듣고 재권의 얼굴에 웃음이 가득 피어올랐다.

옆에 있는 민호 역시 마찬가지.

그녀의 알랑방귀에 기분이 좋아져서가 아니었다.

그것과는 다른 의미에서 기분이 좋았다.

이런 것에 물들지 말아야 하지만, 상대를 굴복시키는 맛.

지금은 그것에 살짝 취해있었다.

그리고 또 한 번 취할 기회가 생겼다.

다시 재권의 전화벨이 울리고 그의 작은 형인 안재열에게 연락이 왔다.

재권은 그의 전화를 받으면서,

"형, 잠시만… 누나, 어떻게 한다? 은행 시간도 지났는데, 둘이 같이 진행하는 거… 나쁘지 않아 보이는데… 사실 오늘 우리 웨딩샵 가기로 했거든."

라고 잠시 거들먹거리기도 했다.

그러자 안하나는 정말 내키지 않은 표정을 관리하면서 가까스로 목소리에 힘을 주었다.

"응? 으응. 그… 그러든지…."

사실 거절해도 그렇게 할 생각이었다.

그래도 그녀의 동의에 고맙다는 말을 하고 재권은 미소

를 지으며 전화를 이어갔다.

"형도 들었지? 그럼 뒷문 열어줄 테니까, 들어와."

"제가 열겠습니다, 본부장님!"

그때 민호가 일어서며 깍듯이 말했다. 재권을 최대한 높이려는 행위. 원래의 '싸가지'는 모두 날려버린 태도로 민호는 뒤돌아섰다.

재권이 이렇게 부하에게 대우받는다는 걸 알리고 싶었다.

안재열이 들어온 후에도 똑같이 행동했다.

이게 협상을 더 유리하게 이끌 수 있었다.

그들은 재권의 표정을 보면서 대출의 액수를 정했고, 유정이 말하는 대출의 모든 독소 조항을 다 받아들였다.

마지막으로 대출 약정서에 서명을 다 마친 것을 본 후, 재권이 담담하게 비밀번호를 말했다.

신호도 없이 하는 바람에 안재열과 안하나는 깜짝 놀랐는데,

"우리 형제의 비밀번호는 다 같아. 아버지가 금고를 다섯 개 남겼는데, 신분 확인하고 비밀번호 말하면 은행에서 다 알아서 해줄 거야."

라는 재권의 말은 그들의 표정을 소태 씹은 얼굴로 만들어버렸다.

결국, 형제자매간에 조금만 의사소통을 했어도 큰 출혈 없이 비밀번호를 알았을 텐데….

지금 와서 후회해도 소용없다. 얼굴을 굳히고 나가는 그들을 보며 미소 짓는 막냇동생만 있을 뿐이다.

111회. 찜질방에서

바로 퇴근하라는 재권의 말을 듣고 민호는 자동차에 앉아서 시동을 켰다.

뭔가 오늘 할 일을 하나 잊고 있다는 느낌이 들었지만, 개의치는 않았다.

머리가 좋아진 민호는 기억해야 할 일을 두 개로 분류해 놓았다.

신기하게도 신경 쓸 필요가 없는 일이라고 생각한 것은 알아서 머리가 기억하지 않았다.

그래서 블루투스가 누군가의 전화신호를 보냈을 때, 이제야 잊고 있던 일이 깨달았다.

종섭이었다. 전화한 사람은.

민호는 재빨리 블루투스를 켰다.

(김민호, 일 끝났냐?)

“네, 끝났습니다. 그런데 오늘은….”

(나 지금 찜질방에 와 있다.)

민호는 마음속으로 ‘헐’이라고 외쳤다. 이렇게까지 자신과 찜질방을 가고 싶었던가.

어쩔 수 없이 집으로 향하던 차를 돌려야 하는지 꽤 고민했다.

그런데 돌려야만 할 것 같았다.

아무리 그래도 그와 지켜야 할 약속이라고 생각했기 때문에.

“어디 사우난데요?”

(너 글로벌 마트 안 간 거야? 거기랑 가까운데… 맑은 샘 찜질방라고 있어.)

“아… 네, 알겠습니다. 지금 출발할게요.”

(그래. 빨리 와.)

무언가를 잔뜩 기대하는 그의 목소리가 들려오자, 민호는 예전에 그와 티격태격했던 일이 모두 떠올랐다.

사실 민호는 그에게 감사해야 한다.

유미라는 가장 큰 선물을 자신에게 선사했으니 말이다.

그 이외에도 종섭이 자신의 오기와 독기를 건드려서 이만큼 성공했다고 생각했다.

이제는 그와의 미운 정이 잔뜩 들어 버렸다.

찜질방에서 약간 특이한 우정을 서로의 가슴에 새기는 것도 나쁘지 않다고 생각한 민호.

하지만 하늘이 이들의 만남을 시샘하는 것일까?

갑자기 민호의 전화벨이 울렸다.

무시할 수 없는 이름, 박상민 사장이 민호 차 블루투스 화면에 떴다.

"여보세요?"

(민호야, 긴히 이야기할 게 있다.)

"곧 가겠습니다."

(…….)

이미 그에게 전화 왔을 때부터 예감한 일이 하나 있었다.

바로 A&K에서 분명히 무언가 제안했을 것이다.

그 예측을 하면서 가겠다고 말한 건데, 박상민 사장이 순간적으로 말문이 막히는 것처럼 보였다.

(이미 알고 있어? A&K 일인데….)

"…케이티에게 최근 들은 이야기가 있었습니다. 확실하지는 않아서 말씀드리지 못했는데, 지금 전화받고 나서 그 일이 아닌가 싶었습니다."

(알았다. 일단 와서 이야기하자.)

"네, 알겠습니다."

전화를 끊고 방향을 트는 민호의 머리에 종섭이 찜질방에서 기다린다는 사실은 완전히 기억에서 사라졌다.

사실 그럴 수밖에 없었다.

아무리 머리가 좋아졌다고 해도, 인간의 기억 세포에서는 우선순위대로 나열하게 되어 있었다.

현재 최우선 순위의 비상등이 켜졌으니, 민호가 그대로 행동하는 것은 당연한 일이다.

회사에 도착하자마자 대표실을 향한 민호.

머릿속으로 벌써 어떻게 해야 할지를 정리한 상태였다.

똑똑.

"들어와."

이미 안에서는 기대감에 가득한 목소리가 들렸다.

그리고 들어가서 민호는 자신을 바라보는 박상민 사장의 눈빛에서도 그 기대감을 느꼈다.

늘 이런 상황에서 자신에게 고민을 털어놓는 이유도 바로 그 기대감을 채우기 위해서였다.

해결사라는 소문은 박상민 사장의 고민을 몇 차례 해결했기 때문에 붙은 별명 아닌가.

"오백억을 제시했어. 물론 나쁘지 않은 가격이긴 하지만, 회사에 여력이 없어서 걱정이야."

"오백억이요? 제가 생각했던 금액보다는 오히려 많군요. 지금 한국 상황에 신경 쓸 때가 아니라서, 급하게 처분하려면 그것보다 훨씬 적은 금액이어야 하는데…."

합작법인이기에 마트 하나의 가치를 천억으로 평가했다는 이야기다.

확실히 비쌌다. 아무리 프리미어 마트라고는 하지만, 적정 가격 이상이라고 생각한 민호.

"홍삼 제조 회사를 얹어서 처분하려고 하는 금액이야."

"아…."

이제야 알겠다는 듯이 민호의 눈이 커졌다.

홍삼 제조 회사는 어차피 글로벌 무역상사의 돈이 한 푼도 들어가지 않았다.

예전에 그 홍삼 회사에 대한 정보를 민호가 종로 큰손에게 알려줬는데, 그때 짭짤한 수입을 거두었다며 즐거워했던 노인의 표정이 머릿속에 그려졌다.

"그렇다면 적절한 가격입니다. 다만 더 깎아야죠."

"협상은 자네가 해야 할 거 같아. 자금은 내가 마련해볼 수 있는 데까지… 해보겠는데… 300억 이상은 무리야. 이미 회사를 담보로 빌린 돈은 최대치로 차서…."

회사라고 말하지만, 자신의 주식을 담보로 빌렸다는 걸 민호는 이미 눈치채고 있었다.

박 사장은 이런 사람이다. 지난번 평생 모은 돈을 회사의 경영권 방어에 사용했고, 그때 획득한 주식을 그동안 담보로 맡기며 자금을 확보해 왔다.

그의 어깨에 놓인 무거운 짐을 덜어주는 역할을 하고 싶었다.

그래서 민호는 이렇게 말했다.

"돈은 일단 걱정하시지 않아도 됩니다. 안 본부장하고 제가 조처를 해놓았습니다."

"자네가…?"

의문에 찬 박 사장의 눈빛에 고개를 끄덕이는 민호.

지금까지 준비작업을 해왔던 거라면, 이제는 준비된 것을 실행하기 위해 박 사장에게 저축은행 이야기를 하기 시작했다.

자신의 모든 이야기를 듣고 박 사장은 눈에 이채를 띤 채 말했다.

"일단 회사의 자금이 문제였는데… 그런 해법을 마련해 놓다니…."

"안 본부장이 좋은 인연을 만나서 가능했던 일입니다."

그 말을 듣고 박 사장은 민호를 한참이나 쳐다봤다.

최근에 가끔 젊은 사람이 회사를 운영하면 어떻게 될지 생각하던 박 사장이었다.

자기가 역량이 부족해서 그런 생각을 한 게 아니었다.

글로벌 무역상사가 더 탄력을 받을 것만 같았다.

글로벌 무역상사는 작년 매출로 무역상사 중에 6위를 달성했다.

그런데 올해는 알 수 없었다.

작년 매출은 L&S라는 울타리 안에서 라면 등의 계열사의 품목이 종합상사 매출에 포함된 까닭이다.

이제는 자체적으로 글로벌이라는 타이틀을 가지고 개척해야 하는데, 젊은 피가 더 잘 어울릴 것 같다는 생각이 계속 들었다.

물론 지금은 표현하지 않았다.

민호 말대로 아직 글로벌은 자신이라는 우산이 필요하다.

머리로만 경영하는 게 아니라, 지금까지 쌓아온 인맥은 절대 무시할 수 없으니까.

하지만 박 사장은 예측하고 있었다.

곧 그 인맥의 인프라를 뛰어넘는 민호의 역량이 눈에 보일 시기가 도래한다는 것을.

그때까지 잘 경영하리라 다짐하면서 민호에게 미소를 지으며 말했다.

"전권을 위임할 테니, 알아서 해 봐."

"넵!"

박 사장과 같은 미소를 지으며 민호가 씩씩하게 대답했다.

대표실을 나와서 바로 유통본부 사무실로 향했다.

오늘 일찍 퇴근하나 싶었는데, 역시 일복이 넘쳤다.

당장 A&K와 협상을 하기 위해서 자료를 분석하고, 대책을 세워야만 했다.

그래서 들어간 사무실이었다. 그런데…

퇴근 시간을 넘겼는데도 아직 남아서 일하는 사람들이 꽤 많았다.

"어? 구 과장님? 퇴근 안 하셨어요? 다른 분들도 계셨네요."

사무실에는 구인기 과장과 김아영, 강태학 대리가 있었다.

그를 보며 구 과장은 한숨을 내쉬었다.

"아, 일 많아. 명절 쇠고 밀린 일 처리하려니까 아주 힘들어 죽겠어. 이게 명절 후유증인가 봐."

얼마 전에 이혼한 사람이다. 분명히 외로운 명절을 보냈을 텐데, 아무렇지도 않은 듯이 말하고 있었다.

살짝 안 됐다는 생각에 민호가 말했다.

"몇 시에 끝나십니까? 이따 끝나시면 저랑…."

여기까지 말하고 갑자기 떠오른 약속.

민호는 스마트폰을 꺼내서 재빨리 종섭에게 전화했다.

이미 찜질방 안에 들어갔는지, 그는 전화를 받지 않았다.

아까 통화했을 때, 많이 기대한 목소리였는데, 오늘까지 가지 않았다가는 크게 섭섭할 것만 같았다.

이왕 이렇게 된 것, 구 과장의 외로움도 풀어줄 겸 민호가 스마트폰을 집어넣으면서 말했다.

"찜질방 어때요?"

"찜질방?"

"네, 저도 좀 할 일이 있는데, 끝나고 나서 같이 가요, 과장님."

"나야 좋지. 하하. 이거 기분 좋은데? 김 과장에게 찜질방 가자는 말도 듣고…."

"이미 이종섭 과장이 자리 잡고 있을 겁니다. 그러니까 찜질방 한번 하고, 술 한잔 하고 스트레스 풀어야죠."

민호가 웃으면서 말했다.

그때 옆에서 듣고 있던 조정환이 끼어들었다.

"저도 데리고 가 주시면 안 됩니까?"

"와아, 이 새파란 신입 말하는 것 보소! 어디서 다 끼려고 해? 응? 가서 일이나 안 해?"

"아… 네…."

구 과장이 구박하자 바로 움츠러드는 정환. 하지만 민호는 오늘 이렇게 된 거 싹 다 데리고 가리라 마음먹은 것 같았다.

"오늘 내가 쏠 테니까, 조정환 씨도 끼어요."

"헉… 정말입니까?"

"정말입니다. 거기… 강태학 대리, 어때요? 합류하실래요?"

큰 선심 쓰는 민호.

심지어 강태학 대리에게까지 권유하고 있었는데….

"일 때문에 안 됩니다."

단호하게 거절하는 강태학이었다.

"쯧쯧…, 저렇게 사회생활을 해서야… 에구, 복을 걷어차요, 걷어차! 아주 일에 파묻혀 죽어버려라, 응? 죽으라고!"

구인기 과장의 비아냥에도 컴퓨터 화면만 바라보는 강태학.

그런 그를 보면서 일단 민호도 자리에 앉아 컴퓨터를 켰다.

해야 할 일을 마친 다음이다.

아마 그때까지 종섭이 기다려줄 것으로 기대하면서 민호는 일을 시작했다.

⚜

한편, 종섭은 한참이 지나도 민호가 나타나지 않자 다시 연락해야겠다고 생각했다.

이미 몇 차례나 한증막을 들어갔다 나왔다 했다.

그 과정에서 우람한 자신의 모습이 자랑스러웠다.

그런데다가 자신을 몰래 훔쳐보는 남자들.

사실 남자들은 다 안다. 이런 찜질방에서 신경 쓰지 않아도 양옆의 시선이 어디를 보고 있는지를.

다만 그 시선 중에 종섭을 아는 사람 하나가 끼어 있다는 걸 모르고 있었다.

그가 바로 우성영이었다.

그는 아까부터 구석진 자리에서 눈치만 보고 있었다.

몸이 찌뿌둥해서 케이티에게 잠시 나갔다 온다고 말하고 온 곳이 바로 여기였는데, 하필이면 싸가지 서열 2위가 등장할 줄은 전혀 몰랐다.

뻔질나게 돌아다니는 종섭을 보면서 얼른 구석진 자리로

옮긴 것은 당연한 일.

분명히 자신에게 와서 근무시간에 찜질방을 이용한다고 타박할 것이다.

사람들의 시선은 자신에게 엄청나게 쏠리게 될 것이고, 갖은 '쪽'을 다 팔릴 텐데, 어떻게 얼굴을 들고 다니겠는가.

그래서 완전히 등지고 숨어 있었다.

가끔 종섭의 동향을 살펴보려 시선을 돌리는 것만 제외하고, 숨까지 죽인 우성영.

그런데 이번에는 잘못 걸렸다.

한증막에서 나오던 종섭이 아주 당당한 눈빛으로 찜질방의 모든 곳을 둘러보는 중에 우성영의 슬쩍 돌아본 눈빛과 마주쳐 버린 것이다.

우성영은 재빨리 고개를 돌렸다.

종섭이 자신을 발견하지 못했기를 기대하면서.

그러나 하늘은 그의 소원을 들어주지 않았다.

잠시 후 등 뒤에서 들리는 싸가지 서열 2위의 목소리.

"우지점… 저기! 혹시! 음… 아닌가?"

거의 등 뒤에까지 다가온 것 같았다.

그래서 인상을 확 찌푸리며 우성영은 마음속으로 빌고 또 빌었다.

'제발 가라… 그냥 가… 뭐 때문에 왔니? 응? 못 본 척 가라, 가….'

그런데 갈 리가 없었다.

종섭은 어떤 식으로든 자신의 신무기를 자랑하고 싶었다.

당연히 아는 사람에게는 더더욱 내보이기(?)를 원한다.

다시 한 번 우성영을 부르는 이유가 바로 그것 때문이다.

"혹시 글로벌 마트의… 우지점…."

툭.

우성영은 그의 호흡까지 느낄 정도로 그가 가까워져 오자 자신도 모르는 사이에 이태리타월을 떨어트리고 말았다.

당황해서 주우려고 하는데, 이미 상대가 그것을 주워서 자신에게 내밀었다.

그리고 하는 말.

"맞네, 맞아. 하하하."

종섭은 꽤나 반갑다는 듯이 호탕하게 웃었다.

112회. 아프리카코끼리 코

우성영이 예전에 지점장으로 있었던 투마트.

그는 그곳에서 폭군이었다. 눈 한번 부라리면서 명령을 내리면 일사불란하게 직원들이 따랐다.

한 마디로 그는 투마트 자양점에서 절대 군림했었다.

그 절대자의 밑에서 힘들었던 직원들.

하나하나 괴로웠던 점을 들면 한도 끝도 없었다.

김석봉 또한 그 직원 중 하나였고, 복수를 꿈꾸던 사람이었는데, 지난번 글로벌 마트에 왔을 때 오히려 우성영에게 동정심을 느꼈었다.

결국, 담배까지 한 대 같이 피면서 우성영의 애환을 몸으로 느끼고 온 김석봉.

그런데 복수하러 간다고 선언한 뒤 풍선껌만 사 들고 온 그를 보는 동료들의 눈빛에는 조롱이 섞여 있었다.

심지어 한 동료는 그에게 이렇게 말했다.

– 그 인간 알지? 가끔 잘해주다가도 성미에 맞지 않으면 돌변하는 거.

새록새록 또 우성영의 과거가 생각이 났다.

역시 인간이란 가끔 붕어와 닮아있을 때가 있었다. 당장 잘해준다는 걸로 예전의 악행을 다 까먹어 버리다니.

김석봉은 마음을 가라앉히기 위해서 잠시 맑은샘 사우나에 들렀다.

늘 심란할 때 들르는 곳인데, 탕 속에 몸을 담그고 있었을 때, 그는 어디서 들어본 듯한 목소리가 귀에 들어왔다.

"맞네, 맞아. 하하하."

시선을 돌려보니 그때 글로벌 마트에서 본 그 싸가지의 목소리였다. 하도 인상 깊은 목소리라서 절대 잊어먹지 않을 것 같았다.

헌데 김석봉의 눈이 커진 건 싸가지의 말에 등을 돌리고 있던 누군가가 뒤를 돌아보았을 때였다.

"지… 지점장님?"

자신도 모르게 내뱉은 목소리.

하지만 우성영은 자신의 목소리를 들을 수 없었으리라.

당장은 앞에 있는 그 싸가지부터 처리해야 했으니 말이다.

“우지점! 여기서 뭐 하시는 겁니까? 아니, 왜 숨어서 닦으세요? 남자라면 당당해야 하는 거 아닙니까?”

“아… 그게….”

“됐어요, 됐어. 이해합니다. 이해해요.”

종섭은 우성영의 중앙 지점(?)을 힐끗 보면서, 이렇게 숨어서 씻는 이유를 알겠다는 듯이 고개를 끄덕였다.

그리고 쭈그려 앉으면서 우성영에게 위로하듯이 말했다.

“아무리 그래도 찜질방에 왔으면, 대범하게 노셔야죠. (물건이) 크게… (물건이) 아주 크게! 놀아야 남자 아닙니까? 하하하.”

종섭의 웃음소리는 더 기고만장하게 커졌다.

‘크다.’라는 말은 요즘 그가 가장 듣고 싶어 한 것이기에.

그 오버스러운 음성에 우지점장은 살짝 눈살을 찌푸리다가, 다시 표정을 가다듬었다.

근무시간에 이게 뭐하는 짓이냐고 타박을 받을 줄 알았더니만, 종섭은 친근하게 조언까지 해주고 있으니 말이다.

일단 그에게 맞춰주자고 생각한 우성영.

“그렇지… 크게… 놀아야지?”

“그럼요. 크게 놀아야 합니다. 자, 일어나세요. 우리 저기에 들어가죠. 필요하시면 제가 수건이라도 가져다 드리겠습니다.”

수건의 용도는 당연히 무언가를 가리기 위해서였다.

그 호의까지 베풀려고 하다니 종섭이 꽤 기분 좋은 모양이다.

사실 민호에게 전화까지 하려고 했는데, 잠시 잊어도 될 상황이긴 했다.

우성영에게 자랑할 기회가 생겼으니 말이다.

이리저리 그를 끌고 다니는 종섭은 한증막에 앉아서 대화를 시도했다.

물론 우성영의 입장에서는 빨리 나가고 싶었다.

그래서 어느 정도 이야기가 진행되자, 틈을 노려 이렇게 말했다.

"일단 난 먼저 나가야 할 거 같아서…."

"그래요?"

"응. 일이 있어. 그럼 먼저 나갈게."

종섭은 한증막에서 그가 나가자 고민했다.

민호를 좀 더 기다릴지 말아야 할지 말이다.

"같이 갑시다."

그러다가 우성영을 따라나서기로 결심했다.

찜질방으로 온다더니 어디로 내뺀 민호를 저주하면서.

당당하게 일어서서, 당당하게 옷을 입으려고 사물함을 열었다.

옆에서 위축된 모습으로 조심스럽게 옷을 입는 우성영을 보면서.

그때 부재중 전화가 스마트폰에 와 있다는 걸 인식한 종섭.

민호였다.

그는 문자까지 남겼다.

– 전화 안 받으시네요. 구 과장님이랑 조정환 씨랑 같이 갑니다.

갑자기 화색이 도는 종섭. 시간을 보니 도착할 때가 되었다.

그는 우성영에게 재빨리 말했다.

“그럼 먼저 가십시오.”

“응?”

“안 씻은 데가 있어서요….”

“그… 그래? 알았어. 그럼 먼저 갈게.”

우성영은 종섭의 마음이 바뀔까 봐 재빨리 옷을 입고 문을 나섰다.

그런데 설상가상이란 이럴 때를 두고 한 말인가?

입구에서 민호와 마주쳐 버렸다.

“어? 우지점장님?”

“아….”

야단났다. 싸가지 순위로는 민호가 종섭이 더 밑이지만, 깐깐하기에는 정점에 서 있었다.

당연히 근무 시간에 찜질방 와 있는 걸 뭐라고 할 게 분명했다.

재빨리 둘러대며 민호에게 거리를 두는 우성영.

“안에… 이 과장 와 있어. 난 그만 가볼게.”

"……?"

서둘러 가는 우성영의 뒷모습을 보면서 민호는 고개를 갸웃거렸다.

그러다 깨달았다.

아마도 자신에게 근무시간 이탈에 대해서 책임추궁을 당할까 봐 걱정해서 저런 것 같았다.

민호도 융통성이 없지는 않았다.

예전에 신주호 차장과 함께 근무시간에 찜질방을 이용한 적도 있었으니, 이 정도는 그냥 넘어가 줄 수 있다고 생각했다.

그때 구인기 과장의 재촉이 들려왔다.

"뭐해? 어서 들어가자고."

"네? 네, 알겠습니다."

일단 여기에 온 목적이 먼저였다.

오랜만에 동료들과 진한 직장의 정을 나누기 위해서 구과장과 조정환까지 데리고 온 것 아닌가.

그래서 민호는 계산대에 가서 얼른 돈을 지불하고 찜질방으로 들어갔다.

한편, 종섭은 이제 다가온 복수의 시간을 즐기기 위해서 마음을 가다듬었다.

또한, 복수의 극대화를 위해서 생각해 보았다.

어떤 장소에서 어떻게 민호에게 당당함을 보여줄 수 있을까?

일단 목욕탕 입구 바로 앞에 있는 탕 속에 있다가 민호가 들어오면 벌떡 일어나기로 했다.

오늘 꽤 오랫동안 수분을 먹어서 쭈글쭈글한 피부가 된 종섭.

또 그의 피부는 탕 속에서 수분을 먹어야만 했다.

미안하다, 내 피부야!

종섭은 속으로 외쳤다.

조금만 참으면 된다고 자신의 '피부'에게 다독이기까지 했다.

약 1분 정도 흘렀을까? 그 시간이 꽤 느리게 간다는 걸 느꼈다.

최고의 카타르시스를 위해서 투자하는 시간이다.

그리고 드디어 문이 열렸다.

종섭이 그토록 꿈꾸던 순간이 다가왔다.

먼저 구 과장이 등장했다.

아직은 아니다. 뒤에 민호와 왔을 때, 발견한 척 일어나야 한다고 생각한 그는 눈을 부릅떴다.

다음으로 조정환이 나타났다.

세 번째로 민호가 입구를 통해 들어왔을 때!

종섭은 벌떡 일어나며, 민호의 이름을 불렀다.

세 번째로 민호가 입구를 통해 들어왔을 때!

종섭은 민호의 이름을 부르면서 일어서려고 했다.

하지만 일어서지 못한 종섭.

그의 눈은 못 볼 것을 본 듯 엄청나게 커져 있었다.

눈동자가 흔들렸다.

이 순간을 위해서 기다렸는데, 눈앞에서 아프리카코끼리 코가 웅장한 자태를 뽐내고 있다니!

"어? 이 과장, 여기 있었어? 몸 불리는 거야?"

구인기 과장이 먼저 발견하고 종섭에게 다가왔다.

"과장님, 저 왔습니다."

그다음은 조정환이었고, 마지막 민호는 미소를 지으며 우람하게(?) 자신을 향해 다가오고 있었다.

그리고 하는 말.

"이 과장님, 저 약속 지켰습니다."

그 말을 듣고 나서 여전히 탕에서 나오지 못하는 종섭은 다짐했다.

이제 다시는 민호와 약속하지 않으리라고.

그리고 오늘은 탕 속에 살이 문드러질 때까지 몸을 담그리라고….

멀리서 이 모습을 보던 김석봉은 머릿속으로 싸가지들의 순위를 날카롭게 계산했다.

⚜

다음날 민호는 A&K에서 대표 자격으로 온 스미스와 협상 테이블을 두고 앉아 있었다.

늘 그렇지만, 가격 절충을 할 때에는 상대의 매물이 어떤 하자가 있는지 판단하는 게 우선이다.

그러나 지금은 그게 쉽지 않았다.

상대의 매물이야말로 민호의 땀이 스며든 프리미어 마트였으니까.

그래서 민호는 차라리 홍삼 제조 회사를 사지 않겠다고 버팅겼다.

사실 그렇게 필요한 것도 아니었다.

물론 홍삼 제조 회사는 견실했다.

A&K에서 투자해서 나쁜 성과를 거두지도 않았다.

오히려 이번 설날 때 효자 상품이 되기도 했다.

그렇다고 묶음판매에 넘어갈 필요는 없었다.

"저희는 프리미어 마트만 원하는 걸로 최종 결론을 얻었습니다. 그래서 생각한 가격이 300억입니다. 대신 고용 승계를 하겠습니다. 프리미어 마트에서 A&K 출신들을 모두 안고 가겠습니다."

케이티를 염두에 두고 한 말이다.

그런데 스미스는 미소를 지으며 민호의 거래 제안에 바로 승낙했다.

"좋습니다. 가격이 맘에 들지 않지만, 급하게 매물로 내놓았으니 어쩔 수 없죠."

"……?"

쉬워도 너무 쉬웠다. 분명 좋지만, 이상한 예감이 들었다.

사인까지 다 마친 상태에서도 그 예감을 떨치지 못한 민호.

곰곰이 생각해 보았다.

A&K가 그렇게 쉽게 프리미어 마트를 내줄 만큼 자금이 부족했던가.

그건 아니었다.

자금이 부족해서 한국 시장에서 철수하는 게 아니라, 해외 사업성이 부진한 쪽의 정리를 통해 A&K의 그룹 분할이 있을 거라는 소식을 접했으니까.

그래서 결과물을 가지고 박상민 사장에게 보고할 때도 그 이야기를 잠시 언급했다.

“프리미어 마트의 수익은 나쁘지 않지만, 단 한 곳의 호조로 A&K의 한국시장 철수 결정을 번복할 만한 성과는 아닙니다. 일반 마트는 나머지 삼대 마트에 현저하게 밀리고 있으니까요.”

“흠. 그럼 그 일반 마트도 정리한다는 건가?”

“그렇습니다. 그런데 홈 마트도 나온 상황이고, 전체적으로 경기가 좋지 않습니다. 쉽게 처분하지는 못할 것 같습니다.”

프리미어 마트는 합작 법인이라서 번거롭고 복잡한 일을 쉽게 처리하고 싶었을지도 모른다.

민호가 생각한 것은 바로 그 점이었는데, 그날 저녁 그 예측이 완전히 빗나간 뉴스가 나왔다.

– 성혜 그룹, 에이스 마트 인수 검토 중.

왜 이걸 생각하지 못했을까?

홈 마트를 노리고 있었던 안재현이 더 싼 가격에 대형할인점 시장에 진출할 수 있었다면, 지르지 못할 이유가 없었을 텐데.

뉴스는 계속해서 터져 나왔다.

– 성혜 그룹, 에이스 마트의 새로운 주인이 될까? A&K와 물밑 협상 중.

인수 검토 중이라는 뉴스가 나간 지 한 시간도 안 되어 협상 중이라는 새로운 소식이 들려왔다.

이제 스마트폰을 보는 민호의 눈이 차갑게 가라앉았다.

다음 뉴스는 아마도 '합의'가 될 것이다.

이번엔 민호의 예상이 맞았다.

금세 인터넷 경제면에서 성혜 그룹이 에이스 마트를 인수했다는 뉴스로 도배되기 시작했다.

그러면서 전화가 왔다. 케이티였다.

(민호 씨….)

"네, 저도 뉴스 봤습니다."

(전 정말 모르고 있었어요.)

"그럴 것 같았습니다."

민호는 케이티와 통화하면서 그녀의 진심을 느꼈다.

그렇다면 스미스조차 그녀에게 이 부분을 감춘 게 틀림없었다.

민호에게 A&K의 술수가 보였다.

프리미어 마트는 글로벌에게, 나머지 일반 마트는 성혜 그룹에게.

알 게 하고 싶지는 않았을 것이다.

글로벌 무역상사가 알면 가격을 더 깎던지, 아니면 다른 조처를 했을 테니까.

살짝 배신감이 들긴 했지만, 지금은 어쩔 수 없는 일이다.

이것에 대한 복수는 나중에 하기로 하고, 일단 안재현의 지난 행보에 대해서 다시 한 번 시나리오를 그리는 민호였다.

유산 상속으로 이득을 본 사람은 재권만이 아니었다.

분명히 우리나라 재계 빅 쓰리만큼 현금을 보유했던 안판석 회장이었는데, 그 돈이 다 어디 있었겠는가.

안재현이 유산을 통해서 큰돈을 얻었다는 게 확실해 보이는 뉴스.

대형 마트 시장에서 다시 한 번 바람이 불어올지도 몰랐다.

그래서 민호는 기대된다.

또 한 번 승부를 걸면?

받아주고 이겨주면 되니까.

113회. 글로벌 그룹

안재현은 생각에 잠겼다.

방금 신지석이 보고를 하고 갔다.

자신의 형제자매들이 차례대로 스위스를 향해 떠났다는 걸.

정확히 말하면 가장 먼저 떠난 그의 누나 안수연은 이미 도착했다.

도착하자마자 경기도 인근을 향했다는 보고를 듣고 대충 짐작했다.

그녀의 유산은 부동산이었다는 것을.

이제 남은 동생들이 스위스를 갔다 와서 취하는 행보를 보면 그들이 받은 유산을 알 수 있을 텐데….

똑. 똑. 똑.

책상 위를 검지로 치는 안재현.

이미 다녀온, 사실 자기보다 먼저 비밀번호를 알아낸 재권은 왜 가만히 있는 것일까?

물론 프리미어 마트를 글로벌 무역상사가 인수했다는 소식을 들었다.

식품 계열로 자회사를 준비한다는 소식도 귀에 들어왔다.

그러나 그 모든 게 그렇게 큰돈이 들어가는 일은 아니었다.

설마하니 자신의 아버지 안판석 회장은 어마어마한 유산을 자신에게만 남겼단 말인가.

그럴 리가 없었다.

부모의 피가 같은 형제들에게는 그렇다 쳐도, 재권은 아닐 것 같았다.

왜냐하면, 그 어떤 일이 있더라도 안재현은 재권만은 자신이 품을 생각은 하지 않을 테니까.

다른 형제자매의 잠깐 실수는 자신과 같은 귀한 피가 흐르기 때문에 세월이 흐르면서 희석될 수 있었다.

하지만 재권은 아니다. 아버지가 그것을 모를 리가 없었다.

그럼 어떤 유산이 재권에게 주어졌단 말인가.

그 해답은 그날 뜬 뉴스에 있었다.

– 스위스 제약회사 〈모슈〉, 글로벌 무역상사와 손잡고 알츠하이머 치료제 시판에 들어가기로….

⚜

시간은 참 빨리도 간다.

벌써 3월. 민호가 입사한 지 딱 1년이 되었다.

입사해서 그는 온몸으로 많은 변화를 맞이한 산 증인이었다.

거기에다가 수동적으로 그 변화를 당한 사람도 아니다.

항상 변화의 중심에 있었다.

이번에도 마찬가지.

오늘 회의실에서는 사장 박상민과 함께 많은 임원이 자리했고, 민호의 프레젠테이션을 지켜보고 있었다.

"…따라서 글로벌 푸드에서는 직접 생산과 하청을 적절하게 분배해서 새로운 이익을 거둘 수 있습니다. 이는…."

명확한 발음, 자신감에 찬 목소리.

듣고 있는 사람들의 고개가 자신도 모르게 끄덕여졌다.

"이미 법인은 등록을 마친 상태이며, 이에 따라 올해 글로벌 무역상사는 글로벌 그룹으로의 원년이 될 것입니다."

오늘 프레젠테이션은 앞으로 무엇을 할 테니, 동의해달라는 종류의 성격이 아니었다.

이미 이렇게 추진되고 있으니, 협조해 달라는 의미의 그것이다.

즉, 글로벌 무역상사에 자회사가 생겼다는 점.

새로운 회사의 이름은 글로벌 푸드이며, 자회사를 둔 글로벌 무역상사는 이제 글로벌 그룹이 될 것이라는 선언.

굳이 반대할 이유가 없었다.

아니 오히려 임원들의 얼굴에 뿌듯함이 묻어 나왔다.

세간의 시선은 주식회사 글로벌을 아직 성혜 그룹의 영향력에서 벗어나지 못한 불안한 단일 기업 정도로 알고 있다.

그게 아니라는 걸 자신들이 몸담을 때 증명한다는 것은 보통 성취감이 아니다.

이른바 창업 멤버나 마찬가지의 기분이니, 얼마나 들뜨겠는가.

그중 송현우 이사의 얼굴에 흐뭇한 표정이 나타나는 이유.

바로 다음의 민호가 한 사람을 소개했기 때문이다.

"글로벌 푸드의 원 계획을 세운 사원을 소개합니다. 송연아 사원입니다."

자신의 딸이 민호의 소개에 나와서 허리를 숙이며 인사하고 있었다.

어찌 그녀가 자랑스럽지 않을 수 있겠는가.

물론 몇몇 친한 임원들 이외에 그녀의 정체는 알려지지 않았다.

그래서 박수를 치는 것 이외에 송 이사는 더 내색하지 않았다.

다만 민호에게 고마워하는 눈빛을 가득 보냈다.

프레젠테이션이 끝난 후에도 그의 어깨를 두드리며 이렇게 말했다.

"자네 덕에 내가 기분이 정말 좋아. 허허허."

"감사합니다."

민호는 그의 기분이 좋은 이유를 광의적으로 해석하고 있었다.

회사가 커 간다는 건, 임원들의 호주머니가 더 두둑해질 수 있다는 이야기 아닌가.

그들의 지갑을 더 두툼하게 해달라는 덕담으로 생각한 민호.

옆에 있던 연아의 공로도 잊지 않고 다시 한 번 내세웠다.

"사실 송연아 씨가 아주 고생 많이 했습니다. 몇 번 밤까지 새우는 걸 봤는데, 연아 씨 부모님께 죄송할 따름입니다."

"아마 송연아 씨 부모님은 용서할 거네. 걱정 하나도 안 하고 있을 테니, 너무 심려 말게."

그럴 리가 없었다.

민호는 자신의 부모님도 늦게까지 일하고 들어오면 회사가 너무 자기를 혹사시킨다고 회사 욕을 했다.

송 이사의 그 말에 민호는 남 부모의 마음을 너무 쉽게 생각하고 있다며 속으로 중얼거렸다.

그래서 사무실로 왔을 때 연아에게 말했다.

"아까 송 이사님 말씀은 그냥 이해해 드려요. 아직 당신 자식이 이런 고생을 해 본 적이 없다고 생각해서 하신 말씀일 테니까."

"네? 네…."

그녀의 대답이 약간 작아지자, 민호는 연아가 서운해한 게 아닐까 생각하며 계속 말을 이었다.

"아니면 내가 나중에 송 이사님께 넌지시 말해볼게요. 그 말씀은 실수였다고."

"아… 아니에요! 그러지 마세요. 진짜 저희 부모님은 아무 걱정 안 하고 있어요."

민호는 그녀가 이렇게 손사래까지 치며 말하자 속 깊은 연아라고 생각했다.

사실 아무리 할 말 다하고 사는 민호라도 송 이사에게 직접 가서 신입 사원의 마음마저 헤아려달라고 말할 수는 없었다.

그냥 그녀의 마음을 달랠 요량이었다.

다행히 방금 한 말로 그녀의 마음이 풀어졌다고 생각한 민호.

역시 자신은 사람 마음을 잘 다룬다고 생각했다.

일단은 여기까지.

바쁘디바쁜 3월의 시작을 프레젠테이션으로 포문을 열며 그는 업무에 몰입하기 시작했다.

프레젠테이션에 이어 그가 두 번째로 할 업무는 바로 신약 판매였다.

알츠하이머 치료제. 일명 갓 넘버 세븐틴이라고 불리는 신약은 실제로는 알츠하이머의 진행을 3분의 1로 줄이는 약이었다.

일단 많은 병원의 신약 도입 신청이 줄을 잇고 있었다.

보통 종합 병원의 약제부는 제약을 사들일 때, 제약회사나 중간 도매상의 경쟁입찰을 통해서 물건을 들인다.

하지만 알츠하이머 치료제는 독점적으로 스위스 제약회사 〈모슈〉에서 나왔고, 한국 및 아시아 판매도 글로벌 그룹이 독점적으로 하고 있었다.

당연히 글로벌 그룹 입장에서는 목에 힘을 주어도 괜찮은 상황이다.

그러나 민호는 늘 신 차장에 말을 가슴에 새기고 다녔다.

익은 벼는 항상 고개를 숙이는 것처럼, 민호 역시 고객을 만날 때에는 낮은 자세로 임했다.

이번에 그 낮은 자세로 들른 곳은 바로 한국대학교 병원이었다.

사안이 사안인지라 총장이 민호를 직접 맞이했다.

한국대학교의 총장, 김근영은 의사 연맹 회장까지 지낸 인물로, 의학계에 강한 영향력을 가진 사람이었다.

그게 아니더라도 인품이 훌륭하다는 게 얼굴에 적혀 있었다.

그래서 그런지 민호의 허리가 더 굽어졌다.

"안녕하십니까, 글로벌에서 왔습니다."

"어서 오세요. 이렇게 직접 찾아와 주시다니 정말 고맙습니다."

"아닙니다. 오히려 제가 감사하죠. 이번에 나온 신약을 받아주셔서 감사합니다."

이럴 때 보면 민호는 진짜 신 차장의 말을 잘 이해하고 있었다. 고객 만족을 위해서 허리를 구부리는 일.

평소에 '싸가지'는 잘 갈무리하고 이런 자세로 한국대학교 병원에 이어 대한대학교 병원을 들렀다.

대한대학교 병원은 이번에 최신 의료 기기로 완전히 탈바꿈한데다가, 알츠하이머 전문 치료를 위한 의료 기관으로 홍보하기 시작했다.

당연히 신경 써야 할 곳이기에 더더욱 겸손한 자세로 인사하고 나온 민호.

그런데 나오다가 그의 눈이 커졌다.

종로 큰손과 그의 옆에서 주변을 두리번거리면서 걷고 있는 허유정을 보게 된 것이다.

정말 우연이라고 생각했는데, 유정이 그를 발견하고 드디어 찾았다는 듯이 말했다.

"갑자기 아버지가 민호 씨를 보고 싶어 하시네요."

"저를요? 그럼 여기 일부러 저 때문에 찾아온 건가요?"

"그건 아니고요. 원래 이 병원에 통원 치료하려고 다니셨는데, 서울 올라온 김에 민호 씨 보고 싶다고 했어요."

유정이 그렇게 말하자 종로 큰손이 갑자기 목소리를 약간 높였다.

"내가 언제 그런 말을 했냐? 그냥 저 녀석이 내가 투자한 돈 안 까먹었는지 궁금하다고만 했지…."

"네, 네. 아버지가 그런 말씀도 하시긴 했죠. 재권 오빠에게 전화했을 때, 민호 씨가 이 병원에도 들른다니까, 갑자기 찾아보자고 하신 것도 아버지였고요."

"그러니까… 이 녀석이 돈 안 까먹는지 한 번 보자는 의미였다니까."

종로 큰손은 점점 어린애가 되어갔다.

알츠하이머의 영향은 아니었다. 원래부터 그의 성격이 괴팍하다는 건 민호가 알고, 하늘과 땅이 알았다.

그래서 민호는 만면에 웃음을 띠고 말했다.

"아니, 돈도 많은 양반이 뭐 그렇게 또 밝힌답니까? 어련히 제가 알아서 돈 불려준다니까요. 벌써 유정 씨한테 호갱도 물어다 줬어요."

"호갱?"

"요즘 쓰는 말입니다. 호갱! 젊게 사시려면 그런 말도 알아야 해요."

"젊게는 무슨 놈의 젊게야. 그저 늙으면 죽어야지. 에고,

다리야. 여기 앉아서 이야기하자."

종로 큰손은 진짜 다리가 아프다는 듯이 뒤에 있는 벤치에 앉았다.

민호 역시 옆에 앉으며 말했다.

"늙으면 죽다니요? 어르신은 일단 제 실험 체입니다."

"……?"

"3분의 1까지 진행을 늦추는 약이 개발되었는데, 그 이상 되는 약이 안 개발 되겠습니까? 그런 약들 다 체험하실 때까지 절대 돌아가시면 안 됩니다. 이제 어르신은 제 모르모트입니다."

"뭐… 뭐야? 이런 싸가지를 봤나? 전혀 안 고쳐졌네. 아니 오히려 더 심해졌어. 싸가지 중 싸가지네."

옆에서 그 이야기를 듣고 있던 유정이의 눈이 커졌다.

놀라움도 섞여 있었지만, 신기하게도 고마운 마음이 들었다.

아버지는 늘 자신을 보면 안타까운 눈빛을 했다.

엄마가 일찍 돌아가셔서, 정 없이 키웠다면서….

더군다나 시집가면 노망든 아버지가 짐이 될지도 모른다는 말까지 해댔다.

그런데 지금 보니 표정의 변화가 매우 다양했다.

그리고 그 표정의 귀결점은 즐거움이었다.

마지막으로 노인의 감정을 마구 움켜쥐듯이 말하는 민호.

지금도 버릇없이 하는 말 같지만, 사실은 허물없이 대하기를 원하는 아버지의 뜻을 이미 잘 알고 있는 것 같았다.

"제가 싸가지인 거 몰랐습니까? 그리고 당연히 싸가지도 커야죠. 그런 의미에서 그냥 서울 올라오십시오. 생각해보니 공기 좋은 걸로 고쳐질 병도 아닙니다. 저랑 이렇게 말싸움하다 보면 금세 나으실 거 같은데, 아니면 혹시 꾀병 아닙니까?"

"이… 이놈이? 됐다, 됐어. 내가 말을 말아야지."

종로 큰손은 이제 지쳤다는 듯이 등을 의자에 깊숙이 기댔다.

그러다가 다시 말을 꺼내는데, 이번에는 눈빛이 달라져 있었다.

"그… 안수연인가? 재권이 큰 누나 말이야. 스위스 갔다 오더니 과천을 제집 드나들 듯이 다녀. 어쩌면 회장님한테 땅을 유산으로 받은 거 같아. 그런데 말이야, 정부종합청사를 옮기고, 서북권 개발 산업이 무산되면서 엄청나게 폭락했더란 말이야."

"그렇습니까?"

여기까지 듣고 민호는 시큰둥하게 대답했다.

물론 머릿속으로는 안판석 회장이 자식마다 적절한 유산 안배를 했다는 점을 들어 감탄하고 있었다.

건설회사와 부동산은 좋은 조합 아닌가.

다만 지금처럼 아주 안 좋은 동네에 있는 땅 값은 예측하지 못했을 것이다.

그런데 종로 큰손은 그와 반대의 말을 해서 민호를 깜짝 놀라게 했다.

"원래 돼지 목에 진주 목걸이라고, 그 땅의 가치를 잘 모르는 거 같은데… 이미 매물로 내놨다고 하더라. 그래서 말인데… 내가 그 땅을 사려고 하거든? 아마 몇 개월 후에 그 땅은 노다지가 될 거다."

114회. 의문을 남기다

종로 큰손이 그렇다고 하면 정말 그런 것일까?

늘 다른 각도에서 한 번 생각해보는 민호가 고개를 끄덕이는 걸 보니, 부동산에 관련해서는 확실히 종로 큰손의 식견이 옳은 것 같았다.

"돈을 또 버시겠습니다."

"맞아. 그냥 죽을 때까지 돈 벌다 가려고. 그런데 그것보단 난 최대한 값을 깎을 거야. 아마 그 돈으로 부족하다 싶은 안수연이랑 걔 남편은 돈을 또 빌리겠지. 주식을 담보로 말이야."

그 말을 하면서 종로 큰손은 옆에 서 있던 허유정을 바라보았다.

자연스럽게 민호의 시선도 옮겨졌고, 유정의 입이 열렸다.

"아마 우리 쪽에서 돈을 빌려야 할 겁니다."

딱딱 끊어지는 말투. 남자 여자 말투를 가리기는 좀 그렇지만, 유정의 이런 모습에서 확실히 민호의 여성관에서 빗겨나가 보였다.

아무튼, 여기까지 듣고 민호는 고개를 끄덕였다.

유정의 저축은행을 이용할 수밖에 없다는 이유.

아마도 L&S 건설이 제1금융권에서 빌린 돈이 한도에 이르렀다는 의미일 것이다.

저축 은행을 이용해야 하는데, 그럼 어디가 나을까?

당연히 좋은 조건으로 돈을 빌려주는 곳이고, 원하는 액수만큼 대출해주는 은행이다.

"벌써 연락이 왔나 보군요."

"아직 아버지가 땅을 산다는 이야기를 그들에게 하지 않았습니다."

동시에 진행한다는 이야기.

딸은 주식을 담보로 대출해주고, 아버지는 가격을 후려쳐서 땅을 매입한다.

그렇다고 갑자기 건설 경기가 좋아지는 것도 아닌데, 곧 L&S 건설에 위기가 찾아올 것만 같았다.

민호의 눈에 그 모든 것이 그려졌다.

그러면서 유정을 다시 한 번 보았다.

예쁘기는 하지만, 아버지의 피를 그대로 이어받은 모습.

돈에 대해서는 차가운 혈액이 그녀의 동맥에 흐르고 있으리라.

확실히 자신의 타입은 아니다.

그래서 갑자기 재권이가 불쌍해졌다.

퇴근 시간이 거의 다 된 시점에서, 회사에 들어오자마자 재권을 쳐다보는 민호의 눈.

그 안에 동정이 흐르고 이유가 바로 그것 때문이다.

그러다가 눈이 마주쳤는데, 재권이 씩 웃으며 손으로 술을 마시는 신호를 보였다.

오늘 한잔하자는 뜻이다.

그걸 또 종섭이가 보았다.

"뭡니까? 저도 끼워 주십시오."

"이 과장도?"

"네, 요즘 속상한 일이 있어서… 술이 좀 고팠습니다."

종섭은 민호를 아래위로 쓱 한 번 보다가 한탄하듯이 말했다.

그래도 민호 다음에 이곳에서는 서열 2위라고 생각하며, 위축되지는 않은 종섭.

더군다나 지난달 연 시내면세점의 매출과 이익이 호조를 보이고 있었다.

일에 있어서 꽤 기분이 좋은 상황이라 곧바로 민호에게 느꼈던 작은(?) 상실감이 완충작용을 일으켰다.

어쨌든, 요즘 회사 내에서 민호와 종섭 둘이 쌍끌이를 하며 속칭 글로벌 그룹을 '캐리' 하고 있는 상황이다.

당연히 재권은 오케이를 연발했다.

"좋습니다. 이 과장도 같이 갑시다."

"본부장님, 저도 잊지는 않으셨죠?"

"저도 끼고 싶어요."

구인기 과장과 아영도 한마디씩 하고 정환과 연아도 같이 어울리고 싶다는 눈으로 재권을 바라보고 있었다.

결국, 재권이 어쩔 수 없다는 듯이 선언했다.

"그럼 오늘 회식하죠. 뭐. 대신 한 명도 빠지기 없습니다."

이렇게 해서 원래 민호와 재권의 조촐한 술자리가 될 예정이었던 게, 확대 회식으로 변해버렸다.

사실 재권의 입장에서는 한 번은 해야 하는 상황이었다.

다음 주 토요일에 결혼식을 앞두고 있었다.

최소한 본부에 소속된 직원들에게는 결혼 상대자를 언젠가 인사시켜야 하는데, 때마침 오늘 좋은 기회가 찾아왔다.

그는 웃으면서 그것까지 직원들에게 내색했다.

"사실 소개할 사람도 있었는데, 잘 되었네요."

"누구요? 아아, 결혼하실 분?"

"네? 네. 하하하."

구 과장의 질문에 웃으며 대답하는 재권.

그때 민호는 강태학을 보고 있었다.

그가 과연 오늘도 회식에 참여할지가 궁금해서였다.

단 한 번도 이런 자리에 와 본 적이 없는 그는….

아니나 다를까, 지금도 시선을 끄는 탁한 목소리로 말했다.

"전 할 일이 있어서 참여하지 못할 것 같습니다."

"와아, 자네 정말…."

구인기 과장이 눈을 크게 떴다.

그로서는 이해하지 못할 행동을 강태학이 하고 있었다.

상사가 주최하는 회식, 그것도 결혼을 앞두고 결혼 상대자를 소개해준다는데 이럴 수가 있을까?

심지어 재권은 장래 회사를 이어받을 사람 1순위였다.

항간에 듣기로는 글로벌 그룹의 순수 주식 보유량에서 재권이 박상민 사장을 앞선다는 이야기도 있었다.

그래서 혀까지 차는 중이었는데….

"진짜 할 일이 있어서 그렇습니다. 정말 죄송합니다."

구 과장의 표정과 혀 차는 소리에는 전혀 아랑곳하지 않고 강태학은 무표정으로 이렇게 말했다.

그러자 구 과장이 또 한마디 하려는 찰나에, 재빨리 재권이 나섰다.

"어쩔 수 없군요. 그럼 결혼식에는 꼭 와주시는 겁니다."

그 말에 어렴풋이 고개를 끄덕이는 강태학 대리.

그런 그를 보며 민호 역시 이해할 수 없다는 눈빛을 보였다.

글로벌 마트에 일이 꽤 많은 건 민호도 안다.

최근 평택지점을 세울 계획에 강태학이 바빠진 것도 역시 잘 알고 있었다.

하지만 모든 조직 사회에서는 인간관계가 기본.

상사와 부하 이전에 강한 유대감을 쌓았기에 글로벌이 지금 잘 나간다고 생각하는 민호에게 강태학의 행동은 의문을 자아낼 수밖에 없었다.

그러나 관심은 여기까지.

오랜만에 유통본부에서 하는 회식에 민호 역시 코가 삐뚤어지도록 마실 생각이다.

1차는 저녁 식사 겸 삼겹살에 소주.

늘 이런 자리는 술고래 구 과장이 주도했다.

오늘도 구 과장이 호들갑을 떨면서 처음 시작부터 술을 돌리고 있었다.

"자, 자. 새신랑 될 사람과 제가 본 사람 중에 가장 미녀인 우리 허유정 사모님께 한 잔 올리겠습니다."

"감사합니다."

"저는 술을 잘 못합니다."

민호의 눈에 구 과장이 준 소주를 살며시 거절하려는 유정이 비쳤다.

속칭 '다. 나. 까.' 말투로 약간 차갑다 싶을 정도였다.

표정까지 매우 단호해서 구 과장의 당황하는 모습이 안돼 보였다.

아까 강태학도 그렇고, 세상에는 참 많은 인간군상이 있다고 생각했다.

적절히 다른 사람과 섞여서 둥글둥글 살아야 하는데 말이다.

그런데 민호의 눈이 약간 크게 뜨일만한 일이 발생했다.

"한 잔 받아, 유정아."

"응?"

"구 과장님이시잖아. 어서…."

재권이 유정에게 간 크게 한마디 하는 모습이 꽤 의외였다.

오늘 직원들 모인 자리에서 큰 소리를 내려고 하는 것일까?

민호는 곧 그들의 사랑싸움이나 신경전이 찾아올 거라는 예상을 했다.

하지만 민호의 예측이 완전히 틀렸다.

"알았어. 그럼 이번 한 번만…."

꽤 고분고분한 모습으로 술잔을 받은 허유정이다.

아까 병원에서 봤을 때, 약간 팜므파탈의 모습까지 느꼈던 민호였는데.

"이야, 역시 본부장님! 최고이십니다. 사모님은 또 딱! 현모양처시네요. 하하하."

구 과장의 오버하는 소리도 민호의 귀에 걸리지고 있었다.

딱 한 잔만 한다던 유정의 술잔에 다시 한 잔을 따르는 것은 재권이었기에.

"오늘은 마셔, 유정아. 오빠가 대리 불러줄게."

다시 끄덕끄덕 고개를 아래위로 끄덕이는 유정의 모습에 민호는 이제 눈까지 비비고 싶었다.

세상은 참 오래 살고 볼 일이다.

늘 결정력에 문제가 있었던 재권이 저렇게 미래의 부인을 휘어잡을 줄이야 누가 알았겠는가.

2차는 호프였다.

그곳에 갈 때에는 유정이 빠졌기에 재권의 강한 모습은 더 이상 볼 수 없었다.

아영도 연아도 그리고 다른 여직원들도 2차까지는 부담이 되는지 귀가한다는 말을 했다.

이제 남자들만 남았고, 이쯤 되면 야한 이야기가 안 나올 리가 없었다.

물론 이때에도 구 과장이 주도했다.

그는 어디서 그렇게 많이 아는지 각종 음담패설을 주저리주저리 풀어놓기 시작했다.

이때쯤 민호도 술을 많이 마셨고, 얼큰하게 취기가 돌고 있었다.

구 과장의 음담패설이 끝나자, 그는 옆자리에 있던 재권에게 살며시 물었다.

"형님, 비결이 뭡니까?"

"뭐가?"

"아까 유정 씨요. 제가 알던 여자 맞습니까? 엄청 고분고분하던데…."

"그래? 그러고 보니 유정이가 처음이랑 달라지긴 했는데? 나도 왜 그런지는 모르겠다."

그때 옆에서 술 취한 종섭의 말이 들려왔다.

"구 과장님… 제가 말입니다… 밤의 황제가 되었다고요. 밤의 황제. 크하하하하."

뭔지는 모르겠지만, 완전히 취해서 자신감에 찬 말로 외치는 종섭을 보면서 민호는 다시 재권을 쳐다보았다.

민호의 눈에 '설마'가 그려져 있었다.

재권에게 언제부터 유정이 그렇게 고분고분했는지 물어보고 싶었다.

물론 실행에 옮기지는 못했다. 남의 사생활까지 캘 수는 없었으니까.

회식은 그렇게 많은 의문을 남기고 끝났다.

그리고 다음날.

늘 그렇듯이 숙취에 얼굴이 뜬 남자 직원들은 아침을 힘겨워했다.

민호 역시 마찬가지다.

어젯밤 오랜만에 많이 먹은 술에 지금도 속이 메슥거렸다.

과음은 후회를 낳고, 다음에 다시는 이렇게 많이 먹지 않겠다는 각오를 불러일으키는데, 아닌 사람도 있었다.

"오늘 해장술 어떻습니까?"

바로 구 과장이다.

민호는 그를 외계인 쳐다보듯이 보았다.

확실히 세상에는 정말 많은 인간 군상이 있었다.

단 한 가지로 평가하기는 힘들었다.

예전에 그가 자신을 룸살롱으로 데리고 갔을 때 가졌던 편견과 선입견은 이제 다 지워진 상태였다.

유통 쪽에 많은 인맥을 가진 그는 저런 성격이 사람을 많이 아는 데 한몫했을 것이다.

그렇다 해도 해장술은 사양이다.

민호는 그와 눈도 마주치지 않으면서 사무실 입구에 시선을 돌렸다.

아직 오지 않은 사람.

바로 재권이 자리에 없다는 게 마음에 걸렸다.

지각해본 일도 없었던, 그야말로 바른 생활의 표본인 재권.

그래서 스마트폰을 열고 그에게 전화했더니….

(어, 민호야. 나 인사팀에 와 있어.)

역시 이미 출근한 상태였다.

그러고 보니 오늘 신입사원이 온다는 이야기를 들었다.

민호는 잠시 그때가 떠올라 감상에 젖었다.

그에게 절대 잊지 못하던 첫날 그는 비상구에 앉아서 유미와 종섭의 대화를 듣지 않았던가.

그래서 발걸음을 옮겨 그때 그 자리에 앉았다.

여기에 앉아 있으면 또 누군가가 들어와서 재미있는 일이 벌어질 것만 같았다.

쾅!

그런데 항상 민호가 짐작하는 일은 현실이 되는 걸까?

오늘도 문이 열리고 밑에서 대화하는 소리가 민호의 귀에 들렸다.

더군다나 이번에도 다름 아닌 종섭이었다.

"진짜야? 영서야, 진짜 맞아?"

민호의 귀에 들리는 종섭의 음성.

뭐가 진짜란 말인가. 내용을 알 수 없는 상태에서 영서는 몸짓이나 고갯짓으로 종섭의 물음에 대답한 것만 같았다.

답답했지만, 인기척을 낼 수도 없는 상황이다.

그래서 저들이 좀 더 자신의 의문을 풀어주기를 바랐는데….

"오빠, 나 어떻게 해…."

"어떻게 하긴 뭘 어떻게 해? 나 믿지, 영서야? 내가 하는 대로 그냥 믿고 따라와."

라고 말하며 대화를 끝내고 나가는 두 사람이 민호는 원망스러웠다.

115회. 세이프 러버

뭘까? 도대체 뭘까?

혹시….

사무실로 돌아와서 민호는 머릿속으로 계속 종섭과 영서의 대화를 곱씹고 있었다.

저런 대화는 영화나 드라마에서 있을 법한 것인데, 사고 친 연인이 나누는 장면에서 종종 발생했다.

종섭의 성향으로 봐서 이미 사고는 쳤을 것이고, 그렇다면?

민호의 눈이 커졌다.

어쩌면 종섭이 이른 시일 내에 아빠가 될지도 모른다는 예감에 사로잡혔다.

민호는 항상 겉으로 부정해 왔지만, 은연중에 종섭을 직장 내에 라이벌로 여기고 있었다.

그래서 늘 승리해 왔고, 그게 자랑스러웠는데, 어쩌면 이번 아빠 대결에서 그에게 먼저 자리를 내줄 것만 같았다.

살짝 눈살을 찌푸리는 민호.

시선을 돌려 2팀 과장 자리에 앉아 있는 종섭의 고뇌하는 모습을 보았다.

그래도 위안이 되는 점이 있었다.

결혼 전에는 사고 치면 안 된다는 생각이 종섭을 보면서 느껴진 것이다.

그런 의미에서 민호는 착실히 피임을 잘하고 있었다.

보수적인 유미의 아버지가 혼전임신을 보기라도 한다면 분명히 자신을 가만두지 않으리라는 걸 알고 있었기 때문이다.

반면 종섭은 분명히 박상민 사장에게 크게 당하리라.

그 생각을 하자 속으로 다시 흐뭇한 기분이 들었다.

그때 드디어 재권이 한 무리의 젊은 사람들을 데리고 들어왔다.

민호는 재권과 아까 통화를 통해 대충 눈치채고 있었다.

지금 들어오는 그 젊은이들의 정체는 상반기 신입사원들이 분명해 보였다.

걷는 모습만 보아도 알 수 있었다.

잔뜩 힘이 들어간 모습. 눈을 돌리면서 필사적으로 분위기에 익숙해지려는 행위.

작년 이맘때, 민호도 저 무리에 섞여 있지 않았던가.

벌써 일 년이 지났다. 그 사이에 정말 많은 일이 일어났다.

특히 민호는 일 년 사이에 진급을 두 번이나 하는 기록을 세웠다.

지금 저 안에 섞여 있는 사람이 그러지 말라는 법이 없었다.

그래서 재권이 데리고 온 사람들의 면면을 살펴보는데, 한 사람의 얼굴에 민호의 눈이 멎었다.

눈에 익은 사람이었고, 민호의 머리가 그를 기억하지 못할 리가 없었다.

박영준. 그의 이름이 곧바로 머릿속 컴퓨터 모니터에 새겨졌다.

그리고 그의 신분은 박상민 사장의 아들이다.

예전에 박상민 사장의 차를 운전할 때, 민호가 그와 인사를 나눈 적이 있었다.

그때 받은 인상은 호감이었다.

일단 생각은 여기까지.

재권의 소개가 들리자 그는 그 말에 집중했다.

"상반기 신입 사원들이 왔습니다. 이번에 우리 회사에서 신입 사원들을 사상 최대 규모로 선발했고, 그에 걸맞게 많은 인재가 몰렸습니다. 우리 유통 본부로도 엄청난 인재들이 들어왔어요."

재권은 친절하게 설명하기 시작했다.

민호의 촉각은 박영준이 과연 몇 팀에 소속되느냐에 있었다.

그 결과가 바로 나왔다.

“구 과장님? 1팀에 박영준 사원입니다. 미래의 인재로 잘 길러주시기를 바랍니다.”

“아… 빡세게 굴리라는 이야기죠? 걱정하지 마시고 맡겨주십시오. 저쪽에 조정환이가 내 밑에 있었을 때, 굴린 것처럼 아주 세게 굴려주겠습니다. 으하하하하.”

민호는 고개를 좌우로 저었다.

저렇게 눈치가 없다니. 자신은 척 봐도 누구의 딸인지 아들인지 구분할 수 있을 텐데 말이다.

심지어 자신의 팀에 있는 조정환이나 송연아가 누군가의 자식들이라고 소문이 났어도, 그는 믿지 않았다.

늘 정확한 눈으로 판단할 수 있었기 때문이다.

박영준만 해도 그렇다. 생김새가 완전히 박상민 사장과 판박이다.

눈썰미를 조금만 갖추면 알 텐데, 저걸 몰라서 구 과장은 앞으로 실수할 것만 같았다.

특히나 구 과장은 자신과 달리 인맥을 중요시하고, 아부와 아첨을 생활화하는 사람이었다.

나중에 박영준이 박 사장의 아들인 걸 알고 얼마나 당황하겠는가.

'쯧쯧쯧….'

속으로 혀를 차는 민호.

구 과장을 안 됐다는 눈으로 바라보고 있었다.

그때 재권은 두 번째 신입 사원을 종섭에게 인계해주었다.

이번에는 여자였다.

여자 좋아하는 종섭이었는데, 대충 인사를 받는 걸 봐서 확실히 머릿속에 고민으로 가득 차 있는 것 같았다.

옛말에 남자는 세 가지의 끝을 조심하라고 했는데….

민호는 다시 한 번 속으로 고개를 저으며 자신에게 인계된 신입 사원을 맞이했다.

"3팀에는 좀 특별한 사람으로 배속했습니다. 이름은 이정근. 한국대학교 조기 졸업한 인재예요. 아이큐가 무려 153이라고 하니, 큰 보탬이 될 것으로 믿습니다."

약간 뾰족한 인상의 신입사원이다.

하지만 재권은 인상과 성격은 전혀 다르다고 생각하는 사람 중에 하나였다.

민호만 봐도 알 수 있었다.

편하게 생긴 인상인데, 얼마나 싸가지가 없는지 모르겠다.

아마도 이정근의 뾰족한 인상은 그 반대의 성격을 보여주리라.

재권은 민호의 일을 덜어주었다고 생각하며 흐뭇한 미소를 지었다.

그러나 곧 그를 당황하게 하는 목소리.

“154입니다만….”

“……!”

꼭 누군가를 연상시켰다.

민호와 재권의 시선이 바로 강태학에게 쏠린 건 당연한 일.

그리고 민호가 다시 재권을 보았을 때, 흐뭇한 표정에서 미안한 얼굴로 바뀌고 있는 게 보였다.

이것도 운명일까?

왜 민호의 팀에는 늘 싸가지 없는 사람이 배속될까?

조정환도 초반에는 민호에게 몇 가지 당돌하게 물어보다가 찍히지 않았던가.

그나마 송연아가 좀 유순했지만, 유통본부 3팀은 정말 막강 싸가지 군단이 되어버린 현실이다.

“네… 정정하겠습니다. 154! 그럼 여기 김민호 과장에게 일 잘 배우세요. 저는 이만….”

재권이 고개를 흔들고 뒤돌아서서 자리로 돌아가자, 민호는 굳은 결심을 한 채 신입사원 이정근에게 말했다.

“이정근 씨는….”

“…….”

“저기 보이는 강태학 대리에게 일을 배우도록!”

민호는 궁금했다. 이 둘의 ‘케미’가 어떤 효과를 낼 수 있는지.

그래서 이제부터 지켜보는 재미에 푹 빠지기를 원했다.

컴퓨터 화면을 보며 바쁜척하는 민호.

자신에게 살짝 고개를 까닥거리며 가는 이정근이 바로 강태학 대리 앞에 섰다.

그런데 강태학은 앞에 선 이정근을 쳐다보지도 않았다.

그러자 이정근이 말했다.

"제가 뭘 하면 됩니까?"

"가만있는 것. 그게 네 할 일이다."

민호는 속으로 킥킥 거리면서 계속 이 장면을 지켜보았다.

이정근의 눈이 가늘어지는 게 보였다.

이번에는 강태학이 한 방 먹을 차례라고 생각하며, 기대를 한껏 키웠다.

역시 자신의 기대를 배반하지 않는 이정근.

"가만있으라니요? 저는 일하러 입사했습니다."

"신입사원이 할 수 있는 일은 없다."

"아뇨. 전 그렇게 생각하지 않습니다."

강태학의 얼굴에 약간 당혹감이 비쳤다.

뭐 이런 개념 없는 신입사원이 있는지 모르겠다는 표정.

반대로 민호는 이 상황이 너무나 좋았기에, 아예 그들을 붙여 놓을 생각을 계획했다.

그래서 그는 강태학을 보며 재빨리 입을 열었다.

"강 대리, 신입사원 데리고 이따가 글로벌 마트에서 일 배우게 하세요. 요즘 바쁘다고 회식도 참석 못 했잖아요."

"과장님!"

"빨리 익히게 하는 것이 좋을 같습니다. 저도 개인적으로 강 대리가 업무에 치여 스트레스받는 걸 보기는 싫으니까요. 계속 그러다가 성격 '만' 나빠집니다."

그렇게 말하면서 민호는 서류를 들고 일어섰다.

자신을 황당한 눈으로 바라보는 강태학을 깨끗이 무시한 건 당연한 일.

사실 지켜보는 게 매우 재미있는데도 불구하고, 할 일이 많아서 사무실을 나가는 것이다.

민호는 글로벌 푸드의 추진을 전적으로 맡고 있었다.

윗선에서 책임자는 송현우 이사.

그에게 현재까지의 상황을 보고하기 위해서 엘리베이터를 눌렀다.

잠시 후 6층에 정지한 엘리베티터.

그런데 유미와 영서, 그리고 지민이 그곳에서 나오고 있었다.

"어?"

민호의 눈이 커졌다.

셋이 어디를 다녀왔는지 모르겠지만, 영서의 눈이 젖어 있었던 것이다.

"안녕하세요."

"과장님, 하이!"

약간 울먹이는 목소리로 영서가 민호를 스쳐 지나갔고, 다음으로는 발랄한 지민이 그에게 인사했다.

그는 유미를 향해 의문을 품은 눈을 보여주었다.

대충 예측은 되었지만, 이제 유미도 사정을 알 것 같아서 확실하게 의문을 해소하고 싶었다.

그러자 유미는 나중에 전화한다는 표시로 엄지와 새끼손가락을 사용해 귀에다 댔다.

민호는 고개를 끄덕였다.

잠시 후 엘리베이터를 타고 송이사가 있는 14층에 당도했을 때, 전화벨이 울렸다.

"여보세요?"

(영서가 임신했대.)

"헐…."

역시 자신의 예상이 맞았다.

그래도 종섭은 바로 결혼식만 올리면 문제가 안 된다고 생각했다.

박상민 사장은 젊은 사람의 사고방식을 잘 이해하는 사람.

그렇게 열린 장인어른을 두고 있는데, 크게 문제가 될까?

(영서 아버지가 굉장히 화가 나셨나 봐. 이종섭을 가만히 안 두겠다고 그랬대.)

"헐!"

문제가 되는 것 같았다. 역시 딸 문제로 들어가 보면 성인군자라 해도 참을 수 없는 일은 있었다.

하긴 자신이라면 다리 몽둥이를 부러트렸을 것이다.

(지금 당장 불러오라고 했다네. 그래서 울고 있는 거야. 이러지도 못하고, 저러지도 못하고.)

"음…."

현재 민호는 그냥 남의 일을 불구경하듯이 지켜보는 관망하는 사람이었다.

더 자세히 말하면 재미있는 일이 벌어질 것 같은 예감에 구경거리를 놓치기 싫은 사람?

그래서 송현우 이사를 방문해서 초스피드로 보고하고 종섭이 어떻게 당했는지 빨리 보거나 듣고 싶었다.

그러나 쉽게 민호를 놓아주지 않은 송 이사였다.

"그래 요즘 애로사항은 없고?"

"네? 네. 괜찮습니다."

"애먹이는 사원은 없어?"

"네, 없습니다."

"그럼 특히 잘하는 부하직원은?"

"……."

뭐가 듣고 싶은 걸까?

눈을 반짝반짝 빛내는 송 이사의 시선을 보니 분명히 무언가 듣고 싶어하는 말이 있는 것 같았다.

그가 듣고 싶어하는 말을 빨리 건네줘야 이 방을 나가서 종섭이가 당하는 모습을 볼 수 있는데, 민호는 그게 잘 떠오르지 않았다.

그러다가 갑자기 떠올랐다.

이제야 눈치 챈 민호는 재빨리 그가 듣고 싶어하는 말을 건넸다.

"오늘 새로 온 신입 사원 중에 박영준이라고 있습니다. 첫날인데도 아주 깊은 인상을 남겼습니다!"

"……."

결국, 송 이사도 조직에 몸담은 사람.

사장의 아들에게 관심을 두는 게 분명했다.

그래서 재빨리 듣고 싶은 말을 던져주고 고개를 숙인 민호.

"그럼 나가보겠습니다."

"험, 험. 그래. 들어가도록."

송 이사의 방을 나와서 민호는 사무실로 가는 시간도 아까웠다.

바로 위층의 사장실로 직행한 그는 엘리베이터를 내리자마자 박 사장의 쩌렁쩌렁한 큰 목소리를 들을 수 있었다.

내용도 어렴풋이 들렸는데, 가까이 다가가자 민호를 발견한 비서가 검지 손가락을 입에다 댔다.

민호는 재빨리 고개를 끄덕였다.

그런데 그때 열리는 문.

화들짝 놀라서 민호와 비서는 서로 다른 방향을 바라보았다.

민호가 다시 시선을 돌렸을 때, 힘없이 엘리베이터를 향하는 종섭의 뒷모습이 왜 그렇게 처량해 보이는지….

어쩔 수 없이 그를 따라가 위로나 해줘야겠다고 마음먹었다.

그런데 엘리베이터를 타지 않고 그 옆의 비상구로 빠져나가는 종섭.

잠시 후 옥상에서 대형 스크린을 보는 종섭의 옆에 민호가 살며시 다가갔다.

"괜찮아요?"

그래도 미운 정이 들었다. 이런 위로 정도는 해줘도 된다고 생각한 민호.

확실히 그의 위로가 통했는지, 고개를 끄덕이며 억지로 미소 지으려고 하는 종섭.

그때 민호는 보고 말았다. 그의 코에서 흐르는 피를.

"……훌쩍……."

"코… 코피 납니다."

"…… 훌쩍… 알아…."

왠지 모르게 종섭이 슬퍼 보였다.

민호는 왠지 그를 계속 보는 게 아니라는 생각에 정면으로 시선을 돌렸고….

큰 대형 화면에서 광고가 흘러나오고 있었다.

– 첫 데이트, 첫 키스, 그리고… 나의 첫 번째 날에 실수는 없었다. 나에게는 안전한 세이프 러버가 있으니까….

종섭의 시선도 그 선전으로 이동했고, 바로 생각했다.

저 피임약은 효과가 없었다고.

갑자기 눈물이 나올 것만 같았다.

: 그의 직장 성공기

116회. 이것이 인간관계다

글로벌 그룹의 한 주가 빠르게 지나갔다.

참 다사다난한 3월 초였다.

유통본부장 안재권이 결혼을 한다는 소식.

그 뉴스에 많은 여직원이 상실감에 젖었다.

민호는 언감생심 연예인 보는 기분이라서, 똑바로 바라보지도 못하는 상황. 더군다나 그에게는 유미라는 절대 미모의 여자 친구가 있었다.

그래서 그나마 다음 타자로 만만하게 보았던 재권이었는데, 결혼한다는 비보는 여자 화장실에서 몇 명의 눈물을 뺐다는 이야기가 들려왔다.

더군다나 이상한 소문도 하나 날아들었다.

미혼 여성들의 세 번째 순위 정도 되는 신랑감, 이종섭 과장이 애 아빠가 된다는 따끈따끈한 가십.

여직원 휴게실에서 나온 그 루머는 돌고 돌아서 유통 본부에 도착했지만, 아무도 듣지 못한 척 연기하고 있었다.

대충 내용은 다 아는데, 모르는 척해야 종섭의 우울한 얼굴이 좀 더 빨리 펴질 것 같은 생각일 것이다.

이번에는 민호 역시 협조했다.

절대로 그를 놀리거나 비아냥거리지 않았다.

그래도 동정의 눈빛을 보내는 건 어쩔 수 없는 일이다.

진짜 불쌍했으니까. 그때 그 코피를 보는 순간 들었던 연민은 아직도 지워지지 않았다.

한편, 신입 사원들에게도 첫 한 주일은 정말 빠르게 지나간다.

정말 아무것도 한 게 없는데, 지나갔다는 말은 아마도 이럴 때 사용하는 말일 것이다.

민호가 있는 유통 본부의 신입 사원들도 마찬가지다.

1팀의 구인기 과장에게 배속된 박영준은 특히나 빡세게 구르고 있었다.

민호는 최소한 구인기의 장점을 인정해야만 했다.

영업 능력! 사람을 상대하는 요령!

그것을 직접 가르친다고 박영준을 매일 끌고 나가기 시작했다.

어떤 사람에게 무엇을 배우느냐가 앞으로 조직 사회와, 회사생활을 할 때 중요한 시작점이 될 것이다.

민호의 경우 지금은 글로벌 마트 평택 부지점장이 된 신주호에게 많은 영향을 받았다.

머리를 쓰는 일은 우연한 기회에 얻은 능력이라 할지라도, 다른 부분은 신주호에게 전수받았다고 해도 과언이 아니었다.

그래서 새롭게 들어오는 신입 사원들에게 가슴으로 사람을 대하는 법을 가르치려고 했는데, 사람 일이란 마음대로 되지 않을 때가 많았다.

다른 신입 사원들이 눈치를 보며 슬슬 적응해갈 무렵, 민호의 팀에 온 신입사원 이정근은 이미 적응한 지 오래인 사람처럼 보였다.

민호는 그 '싸가지'를 상대하고 싶지 않았다.

그래서 강태학 대리에게 붙여놓은 것이다.

사실 둘이 붙여 놓아서 누가 이기는지 보고 싶은 기분이 들었는데, 생각보다 이정근이 더 강세를 띠고 있었다.

강태학 대리는 분명히 싸가지로 보였는데, 그게 아니라는 게 드러났다.

그냥 자기 일에만 집중하고 싶었을 뿐이었다.

그래서 오히려 이정근이 그에게 요구한 게 많았고, 귀찮은 표정으로 알아서 하라고 대답할 때도 꽤 잦았다.

이래서는 제대로 된 신입 사원 교육이 아니었다.

민호는 안 되겠다 싶어서 새로운 주가 시작되는 저녁에 남아서 강태학 대리와 이야기하려고 했다.

어차피 따로 약속을 잡을 필요도 없다고 생각했다.

늘 남는 게 일인 강태학 대리.

그날 역시 다 퇴근하는 상황에서 혼자 남겠다고 자청했다.

민호는 실제로 잔무도 있었기에, 같이 남아서 일을 다 정리한 후, 그에게 말했다.

"아직 일 안 끝나셨습니까?"

"네? 네."

"무슨 일을 그렇게 매일 하십니까?"

"……."

민호의 묻는 말에 대답 없는 강태학.

무시했다기보다는 할 말을 정리하는 것 같이 보였다.

잠시 후에 그의 입에서 민호가 묻는 말에 대한 대답이 나왔다.

"평택 지점 말입니다. 굳이 L&S에 맡기지 않아도 될 거 같아서요. 단가를 보니 더 좋은 곳도 많은데, 본부장님 친인척이라서 그런지 모르겠지만, L&S를 고수할 필요는 없다고 생각합니다."

"……."

"더군다나 하자보수에 대해 연락을 해도 조처가 너무 늦습니다. 예전에 설계도면과 다른 구조 변경도 보이고요. 이쯤 되면, 친인척이라고 해서 믿을만한 게 아니라, 오히려 친인척이라는 걸 믿고 대충한 느낌까지 들었습니다."

민호의 고개가 저절로 끄덕여지는 분석.

그럼 지금까지 다른 건설회사의 단가를 알아보느라 시간을 투자했다는 말이다.

확실히 자신에게 대하는 게 인간적으로 유대감이 들게 하지는 않았지만, 이런 일 적인 부분에서는 믿을만한 것 같았다.

더구나 재권의 친 매형이 일하는 L&S에 대해서 제대로 '까고' 있었다.

민호는 이런 류의 사람을 싫어하지 않는다.

둥글둥글 조직 사회에서 기름칠하는 사람도 좋아하지만, 강태학과 같이, 할 말 다하면서 회사의 이익을 최대화로 키우는 사람도 맘에 들었다.

그래서 한 번도 강태학에게 보내지 않았던 미소로 말했다.

"그럼 다른 건설 회사 알아본 자료 좀 넘겨주세요. 검토해 볼 테니…."

"…자료가 좀 많습니다만… 정리해서 내일 드리겠습니다."

"금방 할 수 있습니다. 정리하면서 넘겨주세요."

"……."

"정말입니다."

민호는 마치 믿어달라고 하는 눈빛을 강태학에게 보냈다.

그러자 강태학이 바로 프린트 아웃을 눌렀다.

그가 일어나려고 하자, 민호가 말리며 이렇게 말했다.

“계속 정리하면서 프린트해주세요. 제가 알아서 가지고 와 살펴볼 테니까요.”

그리고 자신의 말대로 프린트한 자료를 들고 자리에 와서 앉아 읽었다.

민호의 눈이 위에서 아래로 쭉 훑어가고 있었다.

흡사 속독하는 것처럼, 스캐너가 자료를 스캔하는 것처럼, 민호의 머리에 모든 자료가 입력되기 시작했다.

입력과 동시에 분석에 들어갔다.

어떤 건설 회사는 단가가 낮은 대신 자재가 별로였고, 어떤 회사는 AS에 강점이 있었다.

이 모든 것을 종합해 본 결과….

“부명 건설이 가장 낫군요.”

“……!”

민호의 말을 듣고 눈을 크게 뜬 강태학.

그야말로 깜짝 놀랐다.

민호가 뛰어나다는 것은 알고 있었다.

아무리 자기 일에만 관심이 있다곤 하더라도, 강태학도 눈과 귀가 달려있었으니까.

하지만 이 정도일 줄은 몰랐다.

정리하는 데 한 시간 반. 그런데 실시간으로 분석해서 가장 좋은 건설 회사를 찾아낸 민호의 눈썰미와 머리에 속으로 감탄을 금하지 못했다.

강태학 역시 민호를 '싸가지'로 인식했다.

자신보다 직급은 높지만, 나이나 경력이 모자란 햇병아리 과장.

실력이나 성과가 있었지만, 운도 좋았고, 재권과 친하다는 이유로 급속하게 승진했다고 생각했는데….

"과장까지 오르신 게 운 때문이 아니군요."

"…하하…."

이렇게 속마음을 그대로 표현하는 강태학은 가끔 민호를 당황하게 만들었다.

저 말을 하는 걸로 봐서 지금까지 자신을 어떻게 생각해왔는지 알 수 있었기에.

하지만 이런 작은 일에 감정을 담지 않는 민호.

"운이 좋긴 했습니다. 상사를 잘 만났죠. 지금 마트 부지점장님이 제 직속 상사였는데, 정말 잘해주셨습니다. 제 아이디어를 그대로 위에 전달해주셨고, 제가 놀 수 있는 판까지 깔아주셨죠."

"흠…."

"그러니까 강 대리님도 마음껏 놀아보십시오."

"……!"

민호가 웃으면서 한 말에 강태학 대리는 깜짝 놀라 눈을 크게 떴다.

그리고 열리는 입술에서는….

"그게 무슨…."

"하고 싶은 거 다 해보라는 이야깁니다. 유통 쪽뿐만 아니라 다른 것도 꽤 재능이 있으신 것 같습니다. 지금 건설업체 분석해 놓은 거 보니까 그게 느껴집니다."

"……."

대놓고 한 칭찬이다.

민호는 강태학의 얼굴이 상기되는 걸 보고 다시 한 번 그에 대해 재평가해야 한다고 생각했다.

그리고 조언도 해주고 싶었다.

"다만 가끔 회식은 참석해 주세요. 인간관계는 중요한 겁니다. 저보다 나이도 경력도 많으신데, 사람을 상대하는 건 못하시잖아요. 인정하시나요?"

끄덕끄덕. 강태학은 솔직한 사람이다.

자존심은 강하지만, 못하는 걸 잘한다고 내세우지는 않았다.

"그래서 새로 들어온 신입사원에게 오히려 당하시고 계시는 겁니다."

"그건…."

"아니라고 말씀하실 수도 있지만, 옆에서 볼 때 그렇다는 말이에요. 전 솔직히 강 대리님이 신입을 마구 굴려주실 줄 알았는데…."

그 말에 시선을 마주치지 못하는 강태학.

그에게는 어려운 일이었다. 이정근을 다룬다는 게.

마치 민호를 보는 듯한 싸가지.

건드리면 약삭빠르게 머리를 굴려서 딱 그 선만을 지킨다.

당하고 있다는 건 알고 있지만, 사람 다루는 데에는 이것이 그의 한계였다.

"됐습니다. 강 대리님께 뭐라고 하는 건 아니었고… 이건 숙제입니다. 가끔 제가 도와드리기는 할 텐데, 그래도 사람을 상대하는 방법! 반드시 깨달으셔야 할 겁니다. 그러지 않고서는 올라갈 수 있는 곳은 정해져 있습니다."

끄덕끄덕. 다시 한 번 강태학의 머리가 아래위로 내려왔다 올라갔다.

민호의 말을 납득하고 있다는 것이다.

그는 지금까지 혼자서 독불장군처럼 일을 잘해내도, 자신의 성과를 알아줄 상사를 만나지 못했다.

나름대로 그게 편견을 만들어 내었고, 민호 역시 그런 유형의 사람이라고, 자신이 겪은 상사의 범주 안에서 벗어나지 못한다고 생각했다.

하지만 그게 아니라는 걸 최근 들어 깨닫고 있었고, 오늘 확실히 알았다.

그래서 강태학의 입에서 처음으로 이 말이 나왔다.

"고맙습니다."

그 말을 듣고 민호의 얼굴에 짙은 미소가 퍼져나갔다.

진심이라는 걸 느꼈기 때문이다.

오늘 남아서 강태학 대리와 이야기하기를 잘했다고 생각한 민호는 좀 더 거리를 좁혀 보려고,

"어때요? 오늘 술 한잔 하실래요?"

라고 말했다가,

"아뇨. 할 일이 있습니다."

라는 답변을 들었다.

변했다고 생각했는데, 아직 멀었다.

쓴웃음을 지으며 나오는 민호.

자동차 키를 가지고 오지 않았다는 걸 알고 다시 올라갔다.

사무실의 불은 여전히 켜져 있었다.

그리고 역시나 강태학은 열심히 무언가를 하고 있었다.

정확히는 컴퓨터 모니터를 바라보고 있었다.

저런 사람은 정말 키워줘야 한다고 다시 한 번 다짐한 민호. 조용히 들어가서 열쇠를 가져가리라 생각했는데, 안에서 신음소리 비슷한 게 난다고 느낀 건 그의 착각일까?

머릿속에 번쩍! 무언가 휙 하고 지나간 민호.

허리를 굽히고 살금살금 다가갔다.

사무실 겉면이 유리로 되어 있어서 강태학이 보는 화면을 충분히 볼 수 있었다.

머리를 살짝 올려서 모티터를 보았을 때!

"……!"

눈이 커지고 말았다.

컴퓨터 모니터를 가득 메우는 살 색의 향연!

민호도 가끔 예전에 즐겨 보았던 바로 그것!

강태학의 인간관계는 바로 그곳에서 시작되었단 말인가.

민호의 머릿속 역시 살 색으로 엉키고….

문득 이상한 기분을 느낀 나머지 돌아본 강태학.

둘의 눈빛이 딱! 마주쳤다.

강태학은 황급히 모티터의 전원을 눌렀다.

하지만 소리를 줄이는 걸 잊었다.

음 소거를 위해서 재빨리 모니터를 다시 켰다.

그 와중에 민호는 조용히 들어가서 자동차 키를 챙겼다.

한마디 하는 것도 잊지 않았다.

"그럼 열심히… 음… 전 가보겠습니다."

어쨌든, 오늘 민호는 강태학의 취미생활까지 알 정도로 꽤 가까워졌다고 생각했다.

이것이 바로 인간관계였다.

117회. 수수께끼

이 세상에서는 어떤 일도 일어날 수 있다.

민호가 갑자기 신비한 능력을 갖추게 된 것도.

회사에 출근할 때 많은 여자의 눈길을 받는 게 이제 당연히 여길 정도로 민호는 그 능력을 아무렇지도 않게 생각하고 있었다.

사실 약간 귀찮아하는 면도 없지 않아 있었다.

특히 엘리베이터를 다른 여자들과 탈 때에는 많이 신경 쓰였다.

자꾸만 자석처럼 자신에게 끌려오는 여성들을 피해서 가까스로 6층에 도달하면 재빨리 나오는 일은 늘 머릿속에 담고 있어야 하는 일이다.

오늘은 박상민 사장의 딸이자, 종섭의 여자친구인 박영서와 함께 엘리베이터를 탄 민호.

"안녕하세요."

"네, 안녕하세요."

어색한 인사를 하는 이유는 민호가 그녀의 일을 알고, 그녀 역시 민호가 자신의 상황을 인지했다는 걸 들었기 때문이다.

그런데 민호는 한 가지 더 깨달은 게 있었다.

예전에 가끔 자신을 쳐다보던 부담스러웠던 영서의 눈빛.

이제는 깨끗이 사라졌다.

갑자기 머릿속에 오늘 집에 가서 한 가지 더 관찰 노트에 적어야 하는 일이 추가되는 느낌이었다.

– 임산부는 매력의 영향을 받지 않는다.

생각은 잠깐이다. 곧 6층에 도달해서 사무실에 들어갔을 때, 민호는 다시 자신을 대하는 서먹서먹한 시선을 의식했다.

이번에도 여자들의 눈빛인가 생각해서 잠깐 머리를 돌려보았을 때 민호는 눈에 이채를 띠었다. 바로 강태학이었던 것이다.

그는 민호가 오자 벌떡 일어나 인사했다.

"과장님 오셨습니까?"

"아, 네… 네…. 하하…."

민호의 표정도 어색할 수밖에 없었다.

상대방의 비밀을 알게 되었는데, 어찌 편한 표정을 지을 수 있겠는가.

재빨리 자리에 앉아서 업무를 보기 시작했다.

그런데 신경을 안 쓸래야, 안 쓸 수 없는 일이 생겼다.

바로 신입 사원 이정근 때문이다.

일주일 약간 넘는 근무기간 이정근은 강태학의 습성을 다 알아채고 있었다.

더구나 지금은 강태학에게 이정근의 '싸가지 포스'는 민호와 동급.

어제 자신의 비밀을 들키기도 해서 순간적으로 위축되기까지 했다.

"강 대리님. 평택 현장도 가봐야 하는 거 아닙니까?"

"아… 아뇨. 지금은 구의동 지점을 살피는 게 우리의 일입니다. 아직 착공도 하지 않은 건설 현장 가서 뭐하게요?"

"저는 그렇게 생각하지 않는데요."

이정근이 가장 자주 쓰는 말이 바로 이것이다.

– 저는 그렇게 생각하지 않는데요.

민호는 초반에 강태학 대리와 조합으로 꽤 재미있는 장면에 흐뭇했는데, 이제 좀 짜증이 났다.

그래서 이번에는 제대로 나서볼 참이었다.

"이정근씨."

"네?"

"상사가 부르면, '네, 과장님!' 이라고 대답하는 겁니다."

"네, 과장님…."

이정근은 뾰족한 인상으로 표정 하나 변하지 않고 민호가 시키는 말에 대답했다.

그나마 꼬투리를 잡으려고 해도 이렇게 정정은 잘한다.

나름대로 완전히 선을 넘지 않는 싸가지다.

그래서 민호는 이제 본격적인 교육에 들어갈 필요성을 느꼈다.

"하실 일이 없으신 거 같은데… 숙제 하나 내겠습니다."

"……."

"상사가 물어보면 대답하는 겁니다. '네, 과장님!' 이라고…."

"네, 과장님…."

마지못해 하는 그 대답을 듣고, 민호는 조정환을 향해 시선을 던지면서 말했다.

"그 책 가지고 오세요."

"그 책 말입니까?"

"네, 그 책."

"알겠습니다."

조정환은 미소를 지으며 일어섰다.

반면, 이정근은 '그 책' 의 정체에 대해서 강한 호기심을 나타냈다.

잠시 후 정환이 가지고 온 책을 보며 호기심은 더 짙어졌다.

더군다나 정환은 턱! 하고 자신의 가슴에 그 책을 안겼다.

– 최근 10년간 국내외 유통시장의 흐름

꽤 두꺼웠다. 이걸 어떻게 하라고? 그와 비슷한 질문의 눈을 하고 민호를 바라본 이정근.

"외우세요. 달달."

"……?"

"참고로 전 하루 만에 다 외웠습니다. 저보다 아이큐가 높으신데, 당연히 더 잘 외우시겠죠?"

민호의 입에서 아이큐 이야기가 나오자 이정근의 눈에서 약간 승부욕이 동한 눈빛이 감돌았다.

물론 이 책을 다 외우라는 행위는 그의 기준에서 분명히 부당한 일이다.

이걸 외운다고 일을 잘할 리는 없다고 생각되기에.

그런데 민호가 하루 만에 이 책을 다 외웠다니….

"이걸 정말 하루 만에 다 외우셨습니까?"

이정근은 친구들에게 들었다.

가끔 말도 안 되는 일을 주고 괴롭히는 상사 때문에 회사생활이 고달프다고.

그런 그들에게 이정근이 한 말은 다음과 같았다.

– 왜 당하고 사느냐! 부당한 일은 거절하고, 다른 부분으로 능력을 보이면 회사에서 절대 함부로 하지 못할 것이다!

그래서 거짓말하지 말라는 뜻으로 민호를 보며 한 말이었다.

그러자 민호 대신 대답하는 사람이 바로 김아영 대리였다.

"응. 그거 하루 만에 다 외우던데. 내가 증인이야!"

이정근은 그녀의 증언에도 '가재는 게 편 아닌가?' 라는 눈빛으로 전혀 믿는 눈치가 아니었다.

그러자 민호는 입꼬리를 살짝 말아 올리며 입을 열기 시작했다.

"1997년 국제 개방에 따라 제정된 유통법. 시대의 흐름이기는 하지만, 급격한 환경 변화에 구조 개선을 고도화하고…."

초반 몇 장을 토씨 하나 빠트리지 않고 민호의 입에서 술술 나왔다.

사실 이정근도 놀랐지만, 김아영이나 조정환 등, 많은 사람이 놀라고 있었다.

사람은 기억하면 잊기 마련인데, 설마 신입 사원에게 보여주려고 계속 초반 부분을 주기적으로 외우고 있단 말인가.

그런데 그것도 아닌 것 같았다.

잠시 외우던 것을 중단하고 민호가 말했다.

"초반만 외우는 것 같습니까? 거기 몇 페이지에 아무 부분이든 찍어서 한 번 물어보세요."

촤라라락.

싸가지는 진짜 싸가지다.

오기로라도 민호의 말에 따라서 중간 부분의 책자를 넘기며 물어보는 이정근.

당연히 민호는 줄줄 외우는 것으로 그의 표정을 무참히 일그러트리고 있었다.

이게 몇 번 반복되자, 이정근은 쉽지 않겠다고 생각하며 항복의 얼굴을 했다.

"됐죠? 그럼 외우세요. 이따 퇴근 시간에 검사하겠습니다."

"…네…."

"호칭."

"과장님…."

아이큐 154. 멘사 회원. 한국대학교 조기졸업자.

머리에 관해서는 수많은 타이틀로 포장된 이정근이다.

그의 오기가 발동했다.

반드시 오늘 안에 외워서 민호보다 더 뛰어난 머리를 가지고 있다는 걸 증명하리라.

그는 그렇게 다짐하며 책상에 앉아서 책을 펼쳤다.

민호는 그 모습을 보면서 여전히 미소를 지었다.

쉽지 않은 일이다. 억지로 외우는 건 아무리 머리가 좋은 사람이라도 불가능할 것이다.

그때 그의 어깨를 두드리는 사람.

구인기 과장이다. 잠시 할 이야기가 있다고 표시하며 옥상을 가리켰다.

민호가 그를 따라 올라가자, 한숨을 쉬면서 말했다.

"김 과장, 내가 소문을 들었는데 말이야…."

"네? 어떤 소문을?"

"그… 조정환 씨 있잖아."

"네, 조정환 씨…."

"조명회 전무 아들이라는…."

조명회는 지난해까지는 상무였다가, 방용현이 성혜 인터내셔널로 떠난 다음 그 자리를 이어받아 전무직을 수행하고 있었다.

즉, 실세 중의 실세라는 말이다.

"아—, 그 소문? 저도 들었습니다."

"들었어?"

"네, 그거 인사팀 차원목 대리가 퍼트린 건데… 영 사실과 다릅니다."

"정말? 이상하다. 확실하다는 소문이 있던데…."

"아니라니까요. 제 촉을 믿어보세요. 제가 언제 틀리는 거 봤습니까?"

구인기 과장은 자신도 모르게 고개를 저었다.

정말 민호가 틀리는 걸 본 적이 없었기 때문이다.

그래도 이번에는 자기 라인을 돌려서 확실히 알아낸 정보였는데….

"그래… 알았어. 자네만 믿네."

"하지만…."

"응?"

"유통본부에 실세의 자식이 있다는 소문은 사실입니다."

"…누군데?"

당연히 박영준이다.

그러나 이야기해줄 수 없는 민호.

단지 전전긍긍한 구 과장이 안쓰러워 이 정도만 힌트를 제공한 것이다.

"그런 말씀 드릴 수 없고, 확실한 건, 3팀에는 없다는 겁니다."

"조정환이랑 송연아 씨는 아니란 이야기네."

"더는 말 못하겠습니다. 이제 스스로 찾아보십시오."

끄덕끄덕.

구 과장은 살짝 의욕을 불태웠다.

그리고 담배에 불을 붙이면서,

"후우…, 일단 박영준은 아니야."

라는 단정적인 말을 했다.

민호는 정답을 기가 막히게 피해 가는 그를 보면서 속으로 고개를 저었다.

"그놈은 힘들게 자란 게 딱 보여. 부잣집에서 큰 놈이 아니거든."

"그런가요?"

"응. 그렇다면, 2팀에 송초환가?"

송초화는 이번에 들어온 신입사원이다.

얼굴 생김새가 각이 진 게 송현우 이사의 딸이라고 하면 믿을 수도 있었다.

갑자기 민호도 구 과장의 이야기에 끌리고 있었다.

감이 말해주고 있다.

송초화가 어쩌면 송 이사의 딸일지도 모른다고.

그래서 지난번에 송 이사의 집무실을 방문했을 때, 꼬치꼬치 물었던 거 같았다.

인상 깊은 사원이 있는지.

"정말 그럴 수도…."

그때부터 민호는 송초화를 유심히 살폈다.

그런데 특이한 점을 발견했다.

일단 송 이사의 딸인지 아닌지는 모르겠고, 자신에게 전혀 관심을 두지 않았다.

그게 왜 이상하냐? 라고 묻는다면 당연히 이상했다.

최소한 민호에게 시선을 두는 미혼녀가 이 사무실에 대부분이었으니까.

물론 그들은 자신의 업무에 충실하면서, 가끔 민호를 바라보는 것이다.

일종의 안구 정화라고나 할까?

하지만 송초화는 전혀 달랐다. 민호 쪽을 쳐다보지도 않았다.

오히려 가끔 다른 남자에게 시선을 두었다.

자존심이 상하다기보다는 호기심이 잔뜩 어린 눈으로 민호는 가끔 그녀의 주변을 돌아다니기도 했다.

또는 굳이 쓸데없는 심부름을 시켰다.

"흠, 흠. 송초화 씨? 이거 복사 좀 해줄래요?"

"네, 과장님."

그걸 본 민호에게 한마디 하는 종섭.

물론 송초화가 복사하러 간 후에 한 말이다.

민호의 짬밥도 인정해 줘야 했기에.

"김민호 과장. 남의 팀 신입 사원에게 뭐 하는 겁니까?"

"아뇨. 우리 신입 사원이 좀…."

'싸가지가 없어서' 라는 변명은 꽤 궁색해 보였다.

"바빠서요. 제가 준 숙제를 외우고 있거든요."

맞는 말이다. 지금 신형 싸가지 이정근은 열심히 〈최근 10년간 국내외 유통시장의 흐름〉이라는 책자를 외우고 있었다.

멀리서도 들렸다.

이정근은 소리 내면서 외우는 스타일인지, 그 책자를 달달달 입에서 내뱉는 게 민호와 종섭의 귀에 박혔던 것이다.

"시장 · 군수 · 구청장은 전통시장 및 상점가 육성을 위한 특별법에 따라 전통시장이나 중소기업청장이 정하는 전통상점가의 경계로부터 500m 이내의 권역을 전통상업보존구역으로 지정할 수 있으나…."

그걸 보고 민호는 한 번 더 이 말을 덧붙였다.

"예전 생각 안 나십니까? 지금 와서 생각해보니 이 과장님이 내주신 저 숙제를 제가 완벽히 암기해서 지금의 김민호가 된 거 같습니다."

"흠…."

민호는 은근히 종섭을 띄워주었다.

최근 우울해 보이는 종섭. 지금 민호의 말이 위안이 되었는지 더 건드리지 않고 외근 나갈 준비를 했다.

그나마 면세점을 서울에서 최고로 만들겠다는 신념과 약속으로 박 사장에게 용서를 빌 생각이었다.

쓸쓸한 종섭의 뒷모습.

민호의 연민은 깊어만 가고.

하지만 의문 또한 깊어만 갔다.

복사한 자료를 자신에게 전달하는 송초화는 눈도 마주치지 않았다.

그렇다면 그녀는 설마 기혼이란 말인가?

나이가 송연아와 같다고 들었는데….

이건 또 무슨 예외사항일까?

수수께끼가 하나 더 늘었다.

118회. 그의 결혼식 1

수수께끼에 붙잡혀서 그것만 해결하고 살만큼 민호의 직장생활은 한가하지 않았다.

일단 오후에 강태학 대리가 팜유의 소진에 대해서 보고했다.

"예상 소진 시기는 3월 말입니다. 그 안에 인도네시아에서 추가로 팜유를 들여오던지, 잠정적으로 하청 업체에 생산중지를 통보해야 합니다."

민호의 눈썹이 꿈틀거렸다.

하청 업체에 생산중지 통보라는 말이 살짝 거슬렸다.

지난 설날에 유미의 아버지가 한 말이 기억났다.

납품하던 곳에서 더 주문하지 않아서 사실 회사가 어려

워졌다고.

남의 일 같지가 않았다.

냉정해야 하는 상황에서 감정이 들어가기 시작했다.

"하청 업체에 생산중지 말고 다른 방법을 찾아보세요."

"네? 그… 그건…"

"제가 할까요?"

"아닙니다. 방법을 찾아보겠습니다."

약간 당황하는 강태학.

민호가 설마 팜유 생산을 진행할 줄은 몰랐나 보다.

그렇다고 가격도 내려가지 않은 팜유를 들여올 수는 없는 일이다.

고민을 안고 뒤돌아서는 그에게 민호는 약간의 힌트를 주었다.

"꼭 팜유만 팔 필요는 없지 않습니까?"

"……?"

"대체품은 언제든지 주변에서 찾을 수 있습니다."

"……!"

강태학의 얼굴에 느낌표가 가득 그려졌다.

옳은 말이다. 대체품으로 생각을 확장한다면, 굳이 못 할 것도 없었다.

팜유를 담을 플라스틱 용기(容器)에 다른 걸 담으면 어떤가.

국제 가격의 변동에 따라서 그 대체품을 찾으면 되는

일이다.

갑자기 다시 의욕을 갖춘 강태학.

그 얼굴을 보면서 민호의 얼굴에 미소가 감돌았다.

그때 갑자기 생각난 곳이 바로 그의 장인, 정필호의 얼굴이었다.

요즘 그쪽 일은 어떻게 진행되는지 궁금했다.

보통 기업의 상품 생산은 자체적으로 하거나 하청을 주는데, 글로벌 푸드는 아직 자체 생산 능력을 갖추지 못했다.

따라서 대부분 하청으로 돌릴 수밖에 없는 상황.

유미 아버지 회사가 바로 그 하청회사 중 하나였다.

생각난 김에 들르려고 나가는 민호.

마침 유미에게 전화가 왔다.

(여보세요?)

"응. 유미야."

(나 지금 아빠 회사 와 있어. 상품 기획 때문에.)

글로벌 푸드의 신임 대표는 송현우 이사가 맡았는데, 유미를 발령내달라고 정식으로 요청한 상태였다.

지금도 미국에서 잘 팔리는 성혜 식품의 라면.

그 이면에 숨은 공로자가 유미라는 건 임원진이 잘 알고 있었기 때문이다.

당연히 박상민 사장은 그 요청을 들어주었다.

유미는 그래서 다음 주에 정식으로 글로벌 푸드 상품 기획팀에 발령이 난다.

"아, 그래? 나도 한 번 들를 예정이었는데."

(진짜? 오라고 말할 필요가 없었네. 라면 한 번 맛보러 오라고 전화한 거였거든….)

사실 민호까지 그 라면의 맛을 볼 필요는 없다고 생각했다.

그만큼 유미의 미각을 믿는 민호였기 때문이다.

전화를 끊은 민호.

일단 사무실을 떠나기 전에 확인해 볼 것 하나가 있었다.

그것만 마치고 출발하려고 했는데, 그게 바로 이정근의 암기 테스트였다.

"……?"

그런데 민호는 있어야 할 자리에서 이정근이 사라진 것을 보고 의문을 품었다.

어쩐지 약간 조용해진 사무실이었지만.

"이정근 씨 어디 갔어요?"

"제가 시끄러워서 다른 데 가서 외우라고 내보냈습니다."

강태학이 바로 대답했다.

이제야 직장상사의 위용을 뽐내는 것인가.

속으로 살짝 웃은 민호.

하지만 그를 검사해야 하는데, 찾아올 시간은 없었다.

벌써 세시다.

경기도 광주에 위치한 유미 아버지의 공장 겸 회사를 방문하려면 빡빡한 시간.

그래서 강태학에게 부탁했다.

"그럼 이따가 저 대신 검사 좀 해주세요."

"알겠습니다."

당당히 대답한 강태학의 얼굴에 슬쩍 미소가 떠오른 걸 본 민호.

어쩌면 오늘 이정근이 강태학에게 밟힐 차례일지도 몰랐다.

아무튼, 재빨리 주차장으로 내려와서 네비게이션으로 정필호의 공장을 찍은 민호.

곧이어 도착한 작은 규모의 공장에서 자신을 반기는 유미와 정필호를 보았다.

"저 왔습니다, 장인어른."

"그래, 그래. 바쁜 데… 유미가 괜히 시간 빼앗는 거 아냐?"

"아닙니다. 마침 배도 출출했는데, 라면으로 한 끼 때울 수 있어서 좋습니다."

"에이, 무슨 라면으로… 그러지 말고 이따가 저녁에 나랑 같이 밥 먹어. 집밥이 최고야. 자네 장모가 음식 하나는 기똥차게 하거든."

요즘 정필호는 상당히 부드러워진 입장이다.

어차피 품 안에 자식이라는 걸 인정하는 모양새라서 그럴까?

아무튼, 그렇게 권유하는데 거절할 민호가 아니었다.

넙죽 받아서 마음 바뀌기 전에 도장을 찍었다.

"그럼 오늘 술 한 잔 어떠십니까? 제가 저번에 스위스 갔다 오면서 양주 하나를…."

여기까지 말하고 민호는 입을 막았다.

스위스에 간 건 정필호가 모르고 있었기 때문에.

비밀로 해달라고 유미가 그렇게 부탁했었는데….

"스위스? 흠…."

벌써 표정이 변하는 정필호. 옆에 있던 유미 역시 당황해서 어쩔 줄을 몰라 했다.

민호는 재빨리 대답했다.

"지난주에 갔었습니다. 갑자기 출장이 있어서 주말에요."

"……."

둘러댄 핑계. 과연 속아줄까 싶었는데, 의심의 눈초리는 유지한 채 뒤돌아선 정필호는 이렇게 말했다.

"일단 들어와. 라면 먹자."

"네. 장인어른."

민호는 눈으로 유미에게 미안하다는 신호를 보냈다.

유미는 고개를 저으며 괜찮다는 모션을 취했다.

그리고 부드럽게 민호의 팔짱을 끼니, 황홀할 따름이었다.

스위스에 갔다 와서 한 번도 뜨거운 밤을 보내지 못한 민호였다.

더군다나 어제는 살 색의 향연을 먼발치에서 보지 않았던가?

당연히 몸과 마음이 동하기에 충분한 상태.

그러나 조금 전 정필호의 눈치로 보아서 기회를 엿보기는 쉽지가 않을 것 같았다.

이래서 빠른 결혼을 생각하는 민호다.

요즘은 적극적으로 표현하고, 유미 역시 많이 넘어온 상황.

정필호의 허락만 떨어지면 만사 오케인데, 오늘 밤 그를 설득하리라 다짐하는 민호였다.

잠시 후 정필호의 사무실로 들어간 세 사람.

민호는 잠시 긴장했다. 정필호가 자꾸 속으로 '스위스'를 되뇔 것으로 생각했기에.

그러나 그건 아닌 것 같았다.

정필호는 사무실 한쪽에는 휴대용 가스레인지가 있었는데, 냄비에 물을 받아서 끓이기 시작했다.

"험. 험. 우리 딸이 알려준 건데… 이렇게 라면 스프를 먼저 넣으면 끓는점이 높아진다더군."

"아, 네…."

"그래서 면이 나중에 꼬들꼬들해지니… 참고해."

목소리가 살짝 떨린다고 느낀 건 민호의 착각일까?

민호가 그의 얼굴을 보니 정필호는 오히려 긴장한 빛을 띠기까지 했다.

이제야 하청 회사의 애환이 다시 느껴졌다.

그는 예전에 유미에게 들은 적이 있었다.

정필호는 나름대로 공과 사가 철저하다는 것을.

이번에 민호가 신경을 써줘서 하청 업체로 들어가기는 했지만, 회사 상황이 어렵지 않았다면, 절대 허락하지 않았을 거라고 유미가 말했다.

그래서 아무리 사위의 회사라도, 라면 맛을 맞추지 못하면, 자격이 없다고 생각하는 것 같았다.

이 때문에 민호와 정필호는 서로 한마디 말도 없이 물이 끓을 때까지 기다렸다.

침묵을 깬 것은 오히려 유미였다.

“지금 넣으세요, 아빠.”

“응? 응… 응.”

그 말에 재빨리 면을 넣는 정필호.

마치 장인의 말에 따라 그 손길을 흉내 내는 듯 장엄하기까지 했다.

긴장의 순간이 이어졌다. 물론 정필호 입장에서다.

이윽고 라면이 다 끓었을 때, 그는 냄비 뚜껑에 라면을 올려놓고 민호에게 내밀었다.

“자고로 라면은 냄비 뚜껑에 먹어야 제맛이라네.”

민호는 웃으며 뚜껑을 받아들었다.

그리고 후루룩~

한 젓가락을 입에 넣었을 때….

"……!"

그의 눈이 커졌다. 맹세코 이렇게 맛있는 라면은 처음이었다.

더군다나 파나 달걀을 넣지도 않은 상태에서 이런 맛을 내다니!

"저… 정말 맛있습니다!"

"정말인가?"

"네, 진심입니다. 이거 대박 치겠는데요?"

"크하하하. 당연하지! 난 사실 자신 있었네!"

아까까지 긴장하던 눈빛이 싹 사라지며 민호의 어깨를 두드리는 정필호.

유미도 옆에서 옅은 미소를 지었다.

그녀를 바라보며 정필호는 기특하다는 듯이 입을 열었다.

"우리 딸 미각이 이렇게 대단한 줄 몰랐어. 사실 말이 나왔으니 말이지, 딸 입맛을 맞추다 보니 우리 공장에서 나온 라면이 같은 종류라도 약간 다르다는 이야기도 들었거든."

"그럴 거 같습니다. 저도 가끔 유미와 식사하러 갈 때, 음식 맛을 보고 어떤 재료와 감미료가 들어갔는지 다 맞춰서 깜짝 놀랐습니다."

그것도 하나의 재능이다.

이 재능으로 말미암아 라면은 반드시 성공할 것이다.

민호는 다시 한 번 유미의 재능을 확신했는데, 갑자기 머리에 무언가 휙 하고 지나가는 게 느껴졌다.

유미의 재능을 이 정도로 활용한다는 건 빙산의 일각이 아닐까?

저번에 전통 시장에서 유미의 조언으로 대박을 터트린 음식점이 한두 군데가 아니라던데….

갑자기 민호의 머리가 회전하기 시작했다.

가장 효율적으로 유미의 능력을 최적화하는 방법을 찾은 끝에!

"유미야, 혹시…."

"응?"

"그때 인도네시아 호텔에서 먹었던 라면 있잖아."

"아… 미고랭?"

미고랭은 인도네시아의 전통 라면으로 우리나라로 치면 대충 비빔 라면과 비슷했다.

당시에 향이 강해서 민호의 입맛에는 맞지 않았다.

그러나 상관없었다.

그 라면과 똑같은 맛을 낼 수만 있다면?

인구 4위의 인도네시아에 엄청난 라면 수출을 할 수만 있다면?

"응. 그 맛 기억해?"

"흠. 만들어볼 수 있을 거 같아."

"그럼 국물 있던 라면은? 그건 우리가 같이 잔 다음 날에…."

여기까지 말한 민호.

다시 입을 닫을 수밖에 없었다.

잠시 시선을 돌렸을 때, 정필호는 수저를 들어 올리고 있었다.

그날 민호는 유미의 집에서 밥을 먹기로 한 계획을 다 취소해야만 했다.

⚜

토요일 오전에 민호는 유미의 아파트 앞에서 그녀를 기다리고 있었다.

차 안에서 룸미러로 자신의 얼굴을 살펴봤다.

아직까지 얼얼한 코. 그나마 멍 자국이 사라지고 있었다.

설마 자신이 종섭과 똑같은 부위에서 피를 흘리게 될 줄이야.

조심성 없이 말한 결과라고 생각했다.

다행히 유미에게는 별일이 없었다고 한다.

오히려 이제 결혼이라는 화두를 적극적으로 꺼낼 수 있게 되었다며, 자신을 다독이는 유미.

역시 그녀는 천사였다.

민호는 이참에 결혼을 향해 속력을 내기로 결심했다.

훌륭한 표본이 오늘 펼쳐진다.

바로 재권의 결혼식이 치러지는 프리머스 호텔에서 민호는 유미와 함께 미래를 꿈꿀 것이다.

잠시 후 유미가 다가왔다.

결혼식에 갈 옷을 입고 왔는데, 어찌나 예쁜지 민호의 입이 벌어졌다.

차에 탔을 때, 민호의 그 표정을 보며 유미가 다시 웃었다.

"가자, 오빠."

"응? 응. 응."

민호는 재빨리 입을 다물면서 프리머스 호텔로 출발했다.

가는 동안 운전대를 잡지 않은 손으로 유미의 부드러운 손을 만진 것은 물론이다.

그렇게 주차장에 도착했을 때였다.

멀리서 눈에 익은 차가 자신의 차 옆에 주차했다.

민호는 차에서 내리면서 그 차를 주시했고….

그 차에서 나오는 사람, 바로 안재현도 미소를 지으며 민호를 바라보았다.

119회. 그의 결혼식 2

성혜 그룹의 총수가 친히 납시었다.

물론 그를 보며 눈 하나 깜빡하지 않은 민호의 배짱도 알아줘야 한다.

그래서 미소를 살짝 거두고 안재현이 물었다.

"왜? 뜻밖인가?"

"아뇨. 동생 결혼식에 찾아온 큰 형님이신데… 당연한 일이죠. 그런데 부조는 크게 하셔야죠?"

"생각해보고."

"생각 많이 하십시오. 전 먼저 들어가겠습니다."

민호는 옆에서 이 장면을 보고 있던 유미의 손을 잡고 올라갔다.

하지만 먼저 간다고 가지는 게 아니다.

엘리베이터를 기다리는 상황에서 안재현과 그의 비서 신지석이 따라붙었으니까.

어쩔 수 없이 엘리베이터 안, 같은 공간에서 머무를 수밖에 없는 상황.

문이 열리고 엘리베이터 안에 들어가자마자, 민호를 자극하는 목소리가 계속해서 안재현의 입에서 나왔다.

"식품 쪽도 진출했던데… 라면인가?"

"그걸 제가 왜 알려줍니까?"

알려주지 않는다고 했지만, 속으로 약간 놀랄 수밖에 없었다.

잘도 추측한다. 아니면 뒷조사를 했거나.

"아니면 말고… 아, 나도 한 가지 알려줄 게 있어."

"구의동에 지점 하나 내는 거요?"

"응. 프리미어 마트로."

이건 민호도 알고 있었다. 뒷조사는 안재현만 할 수 있는 게 아니다.

민호 측도, 더 정확히 말하면 허유정의 찌라시 공장은 충분히 정보를 끌어모으는 재주가 있었다.

그래도 민호의 말을 당황하지 않고 받는 안재현은 역시 대단한 사람이었다.

그리고 10층 웨딩홀에 도착해 엘리베이터의 문이 열리자 그는 민호에게 또 한마디 하는 것도 잊지 않았다.

"난 언제나 기다리고 있다. 글로벌보다 성혜가 훨씬 더 크니까… 마음 굳히면 꼭 연락해라."

"네, 연락하겠습니다. 대신 가장 높은 자리를 주셔야 할 겁니다."

대놓고 회장 자리를 달라고 하는 민호.

하지만 표정 하나 변하지 않고 안재현은 손님을 맞이하는 재권 앞에 다가갔다.

민호는 그를 계속해서 주시했다.

재권이 재현을 맞이해서 어떻게 대응할지도 관심거리였다.

그런데 싱겁게 지나갔다.

아무 말 없이 봉투를 집어넣는 신지석의 뒤에서 안재현은 재권을 잠시 바라본 후 예식장으로 들어갔다.

물론 재권은 살짝 놀란 것 같았다.

그래도 민호에게 내색하지 않는 이유는 옆에 있는 김상순 여사 때문이다.

안재현의 존재 자체가 그녀에게 큰 중압감이 되었는지, 얼굴 표정이 굳어버렸다.

어쩌면 안재현은 이렇게라도 이들에게 고통을 주고 싶어서 찾아왔을지도 모르는 일이었다.

어쩔 수 없이 민호가 나섰다.

"어머니! 드디어 며느리 보시네요! 하하하."

"아, 네."

"그게 뭐예요? 저번에도 말씀드렸다시피, 둘째 아들이라고 생각하시고 편하게 대해주세요! 제발요!"

민호의 노력 때문인지 그녀의 얼굴에 살짝 웃음기가 감돌았다.

재권도 마찬가지다.

민호를 보는 그의 눈에 새겨진 음성.

'고맙다.'

'뭘요.'

민호는 바로 눈빛으로 대답했다.

이번에는 종로 큰손이 있는 쪽이다.

민호는 홀로 하객을 맞고 있는 그에게 유미를 데리고 가서 인사시켰다.

그가 장난이 좀 심해서 내심 조금 걱정하는 면이 있었다.

유미에게 거친 말을 하지는 않을까 생각해서 미리 귀띔까지 했는데….

"예쁜 아가씨야. 둘이 잘 어울려."

"네? 아, 하하하. 감사합니다. 제가 또 보는 눈이 있지 않습니까?"

"그래. 빨리 결혼해. 그래서 아들, 딸 많이 낳고 행복하게 살아야지."

그 말을 하는 종로 큰손의 눈에 잔잔한 정이 묻어 나왔다.

오늘 딸의 결혼식이라 그런지 몰라도 표정 또한 평소에 보던 모습과는 완전히 다른 온화하고 평온한 신색.

민호는 미소를 지으며 조용히 뒤로 빠졌다.

재미있다는 표정이 절로 민호의 얼굴에 새겨졌다.

신부 측 하객을 살펴보니 얼굴에 모두 빚쟁이라고 적혀 있는 것 같아서.

그리고 계속 들어오는 그 하객들을 보면서 유미의 손을 붙잡고 식장 안으로 들어갔다.

신랑 측 하객은 대부분 회사직원이거나 거래처였다.

이것은 바로 재권의 인간관계가 얼마나 협소한지를 보여 주는 장면이었다.

그래도 주목할만한 사람은 강태학이었다.

그가 드디어 일 이외에 공식 석상에 나타났다.

민호는 그를 보며 생각했다. 드디어 강태학이 인간관계에 첫발을 내딛기 시작했다고.

마음속으로 축하했다. 벽을 깨트리려고 애쓰는 또 한 명의 사람이 있다는 것. 그게 자신이 아는 사람이라는 이유만으로 흐뭇한 기분이 솟아올랐다.

물론 그 기분과는 별개로 그때 본 강태학의 모니터 안이 머리에 떠올랐지만….

“어이, 김 과장! 요즘 마트에 잘 안 오네.”

금세 우성영에 의해서 방해받았다.

그의 얼굴에 웃음꽃이 가득했다.

요즘 민호가 본사 일에 바빠서 못 간다는 게 저 유쾌함의 정체인 것 같았다.

그런 그의 얼굴이 갑자기 굳은 이유.

시선을 돌리니 대왕 싸가지를 보았기 때문이다.

안재현. 가까이 다가가기도 싫었다.

슬그머니 저쪽에 한구석 자리로 갔다.

하필이면 그 자리가 종섭의 옆이었다. 그리고 하필이면 그의 발을 밟는 실수를 저질렀다.

"아… 쫌! 이 봐요! 잘 좀 보고 다니세요. 어? 우지점?"

"앗, 미안, 미안. 고의는 아니었어."

우성영이 바로 사과하자 종섭은 팔짱을 끼고 시선을 앞으로 던졌다.

머리는 다른 생각을 하고 있었다.

오늘 박상민 사장이 오면 어떤 표정으로 그를 맞이해야 하나?

아직도 냉각기였다.

그에게 잘 보이기 위해서 열심히 발로 뛰고 있지만, 성과란 며칠 내에 생기는 게 아니었다.

따라서 장래 장인어른에게 잘 보이기 위한 계획을 계속 짜야 하는데, 다시 옆에서 우성영의 방해가 들어왔다.

"그때는 잘 들어갔어?"

"……."

여기서 말한 '그때'란 찜질방을 말했다.

마지막으로 우성영을 만난 날이 바로 그 시기였으니.

우성영은 그 나름대로 그때 그 계기로 종섭과 친해졌다고 생각했지만, 종섭은 전혀 아니다.

더군다나 당시 민호의 아프리카코끼리를 보았기 때문에 안 좋은 기억만 떠올랐다.

"찜질방 좋아하면 말해. 내가 그때 쿠폰 몇 장…."

"우지점, 생각해보니까 그때 근무시간이었잖아요."

"……."

"허… 이거 참. 자꾸 근무 시간에 다른 일 할 겁니까?"

인상을 쓰는 종섭을 보며 우성영은 살며시 자리에서 일어나서 다른 곳으로 이동해야 했다.

하지만 벌써 꽉 찬 자리.

처음에는 듬성듬성 보였던 빈자리가 메워지고 있었는데, 공교롭게도 가장 빈 곳이 보이는 자리는 안재현의 주변이었다.

그래서 그쪽으로는 절대 가고 싶지 않은 우성영은 그냥 잔소리를 택했다.

다행히 그 잔소리는 박상민 사장이 왔을 때 중지되었다.

곧바로 뛰어나가는 종섭.

"사장님 오셨습니까?"

"험, 험."

박상민 사장은 그가 나와서 인사하자 못 들은 척하고 자리에 앉았다.

오늘 박영서와 박영준은 박상민 사장과 다 따로 앉았다.

박 사장이 부모 자식 관계를 노출하기 꺼렸기 때문이다.

하지만 이 사실을 알고 있는 민호는 멀리서 이들을 보며, 참 불편하게 산다는 생각을 지울 수가 없었다.

그 생각은 웅장하게 퍼지는 결혼행진곡에 의해 중단되었다.

드디어 재권의 결혼식이 진행된 것이다.

먼저 신랑인 재권이 맨 앞으로 행진했다.

오늘 사회자는 구인기 과장이 보고 있었다.

처음에 재권은 민호에게 부탁했었다.

그러나 이틀 전 심하게 코가 부풀어 오르는 바람에 민호가 재빨리 구 과장에게 부탁했다.

그는 흔쾌히 받아들였다.

회사 실세의 결혼식 사회는 아무 때나 하는 게 아니라면서, 드디어 탄탄대로가 놓이게 되었다는 말까지 했다.

그것까지는 모르겠지만, 구수하게 진행하며 결혼식 분위기를 화기애애하게 만들었다.

"신랑이 꽤 긴장한 것 같은데… 응원 한 번 부탁드립니다!"

"와아아아아!"

"안 본부장님 파이팅!"

곧이어 신부 입장이다.

종로 큰손의 손을 잡고 허유정의 고운 자태로 음악에 맞춰 식장에 들어오고 있었다.

민호는 근미래에 이런 장면을 자신이 연출할 거라는 다짐 속에 나머지 식 진행을 바라보았다.

혹시나 안재현이 돌출행동을 하지 않는지 살펴보기도 했지만, 그는 다행히 조용히 떠나갔다.

모든 식이 끝난 후, 돌아오는 길.

민호는 차 안에서 다시 유미의 손을 잡고 있었다.

아파트에 다 왔을 때, 들여보내기 싫은 마음은 언제나 같았다.

오늘은 특히 더 심했는데, 아무래도 결혼식을 올리는 재권의 행복한 모습을 보고 왔기 때문이리라.

하지만 그 마음은 바로 유미의 충격적인 말에 산산조각이 났다.

"올 게 안 오고 있어서 약간 걱정이야."

"……?"

"예정일보다 이주 늦어졌거든. 가끔 늦을 때도 있는데… 이번에는 너무 늦네…."

올 게 안 온다.

한 달에 한 번씩 걸리는 여자의 마법을 뜻하는 것이다.

그 말을 듣는 순간 민호는 예전 스위스에서 보낸 밤이 떠올랐다.

당시에 그와 그녀는 뜨거운 밤을 보냈다.

그리고 남자와 여자가 이성보다 감성이 충만한 밤을 보내다 보면 실수할 가능성이 꽤 높았다.

더군다나 그날 밤 민호는 무언가를 암시하는 꿈까지 꾸지 않았던가.

이럴 때 남자가 할 수 있는 말은 거의 유일했다.

'내가 책임질게.' 와 같은 종류의 선언!

그런 진부함이 싫었던 것일까?

민호는 차에서 내려서 가만히 그녀가 내릴 때까지 기다렸다.

유미가 고개를 갸우뚱하며 내리자마자 그녀의 손을 잡고 말했다.

"올라가자."

"……?"

"아버님께 말씀드리자. 결혼 서두르자고…."

민호의 계획은 간단했다.

초고속으로 결혼해서 유미와 자신이 과속했다는 걸 감추리라.

"이… 이게 정확한 것도 아닌데…."

"거의 확실해. 내가 이런 '촉' 은 엄청나게 발달했거든."

민호는 그렇게 말하면 그녀를 안심시키려는 듯이 안았다.

유미만의 향기가 콧속으로 흘러들어왔다.

그리고 그녀의 심장이 세차게 뛰고 있는지, 맥박이 전해

져오고 있었다.

마지막으로 귀에 들려오는 그녀의 음성.

"오빠…."

"응? 말해."

"아직은 아닌 거 같아."

"……."

역시 아직 유미는 용기가 없는 것 같았다.

불안하기도 할 것이다.

하지만 방법은 이것뿐.

그는 재빨리 그녀의 불안감을 완화할 여러 가지 말을 생각하고 있었는데….

확! 자신을 밀치고 집으로 달려가기 시작한 유미.

어찌나 힘이 센지 뒤로 쉽게 밀려난 민호였다.

할 수 있는 건 당황해서 그녀의 이름을 부르는 것뿐.

"유… 유미야!"

"오빠, 나 올라갈게. 정말 따라오지 마. 제발 부탁이야."

이렇게까지 말하는데 어떻게 따라갈까?

용기가 없어 저러는 것이다.

그녀에게 시간을 줘야만 했다.

그리고 돌아오는 길에….

민호는 이제야 아버지가 된다는 기분에 젖어들기 시작했다.

기분이 정말 묘했다.

상상의 나래가 자신도 모르게 펼쳐졌다.

태어날 아이의 성별부터 커가는 모습까지.

여자와 다른 남자라서 그런가.

현재 유미가 걱정하는 것을 알면서도 미래의 행복한 세 식구의 모습이 자꾸 그려졌다.

입꼬리에 웃음이 매달린 민호.

집에 들어와서 바로 유미에게 문자를 날렸다.

– 유미야, 내일 산부인과 가자. 나 해달이가 보고 싶어.

답변은 바로 들어왔다.

– 해달? 해달이 뭐야?

– 우리 아이 태명. 해와 달의 줄임 말이야. 아직 여자인지 남자인지 모르잖아. 어때? 어울리지 않아?

– 응. 괜찮아. 그런데… 임신인지 아닌지 모르는데… 그리고… 내일은… 일요일이야.

120회. 새로운 캐릭터

일요일 오전.

민호는 그 어느 때보다 일찍 일어나서 유미의 아파트를 향했다.

혹시나 그녀의 잠을 깨울까 염려되어 문자 하고 나서 출발하는 길.

이제 조심해야 할, 그리고 지켜주어야 할 유미라고 다시 한 번 마음속으로 다짐했다.

처녀가 임신했다는 것.

시대가 변해서 이제 아무렇지도 않아 보였지만, 그렇게까지 당당한 일은 아니라고 생각한 민호.

그래서 아파트에 도착해 최대한 그녀의 마음을 헤아린다

는 표정으로 그녀를 기다렸다.

잠시 후 그녀가 도착했을 때에는 표정까지 가다듬었다.

최대한 그녀를 안심시켜야 한다는 사명감으로 민호의 얼굴이 무장되어 있었는데….

똑똑. 유미는 차 밖에서 창문을 두드렸다.

지이이잉. 창문을 내리자, 그녀의 목소리가 들려왔다.

"전화 왜 안 받아?

"……."

"오빠, 아침 먹었어?"

그녀의 이야기를 듣고 민호는 주머니를 만졌다. 급하게 나오느라 스마트폰을 놓고 나왔다는 걸 깨달았다.

자신부터 챙겨주는 이 천사 같은 여인.

"아직…."

이라고 말하자, 그녀가 바로 미소를 지으며 말했다.

"그럼 들어와."

"뭐?"

"들어와서 밥 먹고 나가자고."

도대체 이 당당함은 무얼까?

어떻게 그녀의 부모님을 보라고 이렇게 집 안으로 불러들이는 걸까?

"어제 부모님 여행가셨어. 동생은 아침부터 학교 갔고."

"아, 그래?"

일요일에도 학교에서 부른다는 사실이 참 고마운 민호.

그런데 생각해보니 너무 아쉬웠다.

어제 말해주었다면, 잠시 그녀의 집에서 머물다 갔을 텐데….

아니다. 임신 기간에는 성생활을 자제해야 한다고 예전에 들은 것 같았다.

'젠장, 당분간은 다시 몸에서 사리 뽑아내도록 살아야겠구나….'

남자란 참 본능의 동물이다.

방금까지 유미를 위하는 척 다하더니, 이제는 자신을 걱정하고 있는 민호.

그걸 또 깨닫고 민호는 고개를 저으며 차에서 나왔다.

그러고 나서 유미의 손을 꽉 붙잡았다.

"언제 어디서나 오빠가 지켜준다는 말 잊지 않았지?"

끄덕끄덕.

"하지만 하나 부탁할게."

"……?"

"당분간 언제 어디서나 너를 건드리려고 할 때면…."

"……."

"숟가락을 들어줘."

그 말에 유미는 살짝 킥킥거리며 웃었다.

얼마 전에 그녀의 아버지가 던진 숟가락이 정통으로 민호의 코에 맞은 게 생각이 났다.

군인 출신이라서 그런지 명사수였던 정필호.

민호는 아마도 그것을 빗대어 한 말인 것 같았다.

문제는 이제 유미가 그를 가만히 두지 않았다는 점이다.

올라가서 바로 안기며 그에게 키스하는 그녀.

입으로 들어오는 그녀의 살덩이는 왜 이렇게 감미로울까?

이렇게 되면….

'헉, 헉, 헉….'

민호는 부처님인 척 연기하며 속으로 숨만 몰아쉴 수밖에 없었다.

그렇다고 그녀를 밀쳐낼 수도 없었다.

아니 사실 정말정말정말 좋았다.

스위스에 다녀와서 얼마나 참았던가?

당연히 그의 손이 천천히 내려갈 수밖에 없었다.

둔부를 지났을 때, 민호의 머릿속에서는 이성과 감성이 엄청나게 치고받고 싸웠다.

점점 이성이 밀릴 수밖에 없는 상황.

자신의 가슴에 밀착된 그녀의 심장 박동이 느껴진다는 것.

가장 좋아하는 바스트 사이즈의 뾰족한 곳이 찌른다는 것.

이걸 참으면 남자가 아니다.

그래서 그녀가 입술을 떼고 묘한 눈으로 바라보았을 때, 이미 그 신호를 알아챈 민호는 이렇게 말했다.

"살살… 정말이야. 하늘에 맹세해…."

끄덕끄덕.

유미의 동의가 들어오고….

그들은 일요일 모닝에 또 한 번 서로의 마음을 몸으로 확인했다.

그리고 잠시 후….

민호가 유미의 아랫배를 만지면서 말했다.

"괜찮겠지?"

그 말을 듣고 유미는 쑥스러운지 민호에게 더 밀착해서 안겼다.

여자에게도 성욕은 있다. 또한, 얌전한 고양이의 성욕은 가끔 더 커 보인다.

바로 유미의 이야기였다.

그녀는 오히려 지금 임신이 진짜였으면 좋겠다고 빌었다.

이것을 핑계로 빨리 민호와 결혼하기를 바랐다.

민호도 자신과 같은 마음이기를 원했는데….

"우리 빨리 결혼하자."

역시 이심전심, 부부가 될 천생연분은 마음 까지 통하는가 보다.

"부모님이 되게 실망하실 거야. 아빠는 화내실지도 몰라."

"그래서 어젯밤 생각해 봤는데…."

"……"

"임신한 걸 숨기고 빨리 결혼해 버리는 거야."

그게 가능할까? 유미의 눈에 의문이 가득 들어있다.

민호는 그걸 보며 다시 한 번 큰소리를 쳤다.

"나만 믿으라니까."

과연 믿어도 될지 모르겠지만, 민호의 책임감이 강한 것은 확실했다.

다음날 그녀를 데리고 바로 산부인과로 같이 가는 걸 보면 든든한 마음이 드는 유미였다.

"회사는?"

"내가 다 처리해놨어. 나만 믿으라고 했잖아. 하하."

남자는 허세다. 민호 역시 남자다. 그런데 이번 허세는 진짜에 가까웠다.

구인기 과장에게 부탁해 놓았고, 잘 처리했다는 답변까지 받았으니.

회사 내에서 민호의 입지는 이제 거의 확고부동한 것처럼 보였다.

거기다가 치밀하기까지 했다.

"산부인과는 종로 근처로 했어. 회사도 그렇고, 아무래도 우리 동네와 너희 동네는 보는 눈이 많아서. 유정 씨가 다녔던 곳이래. 여자 의사니까 더 안심되고."

절대 남자 의사에게 유미를 보여주고 싶지 않다는 생각까지 한 민호. 산부인과에 도착해서 유미의 손을 꼭 잡고 드디어 진료실에 들어갔다.

동그란 안경을 쓴 여의사는 매우 친절했다.

잠시 후 초음파로 아이를 보여주는 그녀.

"축하드립니다."

"임신인가요?!"

유미는 가만히 있는데, 민호가 재빨리 물었다.

아무리 초음파로 봐도 뭐가 뭔지 알아볼 수 없기 때문이었다.

여의사는 잠시 웃었다.

민호의 표정만 봐도 뭔가 기대하고 있는 듯했다.

이렇게 아이를 기대하는 젊은 부부는 최근 들어 처음 보았다.

"네, 기다리셨나 봐요. 임신 맞습니다. 6주 차예요."

"그… 그렇군요."

거의 예상했던 결과인데도 다시 가슴이 벅차오르는 이유는 무엇일까?

유미가 자신의 인생을 걷는 데 있어서 영원한 동반자라고 생각해서였기 때문이다.

더 확실한 고리가 그녀와 자신 사이에 생겼다.

이것만큼 기쁜 일이 어디 있겠는가.

"젊은 부부 신데, 오래 기다리셨나 봐요."

"네?"

"신랑분 표정에 그렇게 쓰여 있는데요."

"맞습니다, 하하. 맞아요."

마냥 좋은 민호. 지금은 뒷일을 생각하기는 싫었다.

그런데 회사에 복귀했을 때, 또 하나의 변화가 생겼다.

유통본부장 자리에 못 보던 얼굴 한 명이 앉아 있었다.

50대 중반. 멋있게 나이 들었다는 표현이 딱 알맞은 사람.

그 말이 어울릴 것 같은 중년 신사였다.

그 중년 신사는 자신을 보면서 미소를 띠며 말했다.

"호오, 자네가 김민호 과장인가?"

"……."

말없이 바라볼 수밖에 없는 민호.

누군지 모르는 사람이 재권의 자리에 앉았다면?

"김 과장, 안 본부장님이 신혼여행 가실 때까지만 이끌어주시러 오셨어. 장규호 대표님이셔."

구인기 과장이 민호의 궁금증을 풀어주었다.

한 가지 어색한 호칭은 '대표' 라는 직위였다.

"장규호 대표님…?"

"아, 이번에 글로벌 푸드를 내가 맡게 되었네."

장규호는 여전히 미소를 지우지 않으며 민호게게 자신의 이야기를 했다.

외부에서 식품회사 경영을 한 사람이 글로벌 대표로 섭외되었다는 이야기는 민호도 들었다.

그게 대상이 한 명이 아니고 여러 명이라서 아직 확정되지 않았다는 말도.

그런데 주말 동안 이렇게 급히 결정된 부분은 깜짝 놀랄 수밖에 없는 상황이다.

민호는 재빨리 고개를 숙이며 정식으로 인사했다.

"죄송합니다. 정식으로 인사드리겠습니다. 김민호입니다."

"아냐, 아냐. 됐어. 하하하. 그렇게 예의 차릴 필요까지는 없어. 내가 자네에 대해서 많은 이야기를 들었으니까. 하하하."

사람 좋은 웃음을 보이는 장규호.

옆에서 구인기 과장도 같이 따라 웃었다.

다른 사람들도 마찬가지다.

그가 웃으니 모두 미소를 짓고 있었다.

첫날부터 많은 사람에게 인정을 받았다는 이야기다.

화기애애한 분위기를 만들 수 있는 리더.

글로벌 푸드의 앞날의 예상되는 대목이다.

그리고 나중에 휴게실에서 구인기 과장과 종섭이 민호에게 사무실 분위기가 꽤 밝아진 이유를 이야기했을 때, 민호는 감탄했다는 얼굴과 함께 이제야 알았다는 표정을 지었다.

"모두에게 손편지를요?"

"응. 오자마자 우리에게 2주 동안 어떻게 지낼지에 대해서 써서 주셨어. 여자들이 하는 간지러운 짓이라고 치부했는데, 받고 보니까 또 느낌이 다르더라고. 더군다나 다른 내용으로 써서, 일일이 정성을 들였다는 느낌까지 받았어."

구인기 과장 역시 감탄했다는 표정이다.

물론 종섭은 약간 시큰둥하게 말했다.

"나는… 여전히 간지럽습니다. 게다가 나만 느끼는 건지 몰라도, 왠지 모르게 앞에서만 잘하고, 뒤에서는 다른 일을 벌일 것 같은 느낌?"

"에이, 또, 또! 여하튼 한국의 텃세 문화!"

"텃세라니요. 예감입니다. 예감. 그런 것도 말 못합니까?"

구 과장의 지적에 종섭이 발끈했다.

사실 약간 찔린 것도 있었다.

예전에 구 과장이랑 민호와 재권에 대해서 많이 씹어댔다.

그걸 구인기는 텃세라고 생각했다.

박힌 돌이 굴러온 돌에 대해 느끼는 강한 적의.

민호는 둘이 이야기하고 있는 동안 다른 생각에 빠져 있었다.

장규호는 왜 자신에게만 손편지를 주지 않았을까?

작은 것에 의미 부여하는 성격은 아니었지만, 충분히 궁금할 수 있었다.

그런데 그에 대한 해답은 바로 나왔다.

"아, 맞다. 김 과장 손편지 아까 서랍에 넣어 놨어. 나중에 시간 날 때 봐봐."

"알겠습니다."

아까 민호는 산부인과에 들러서 간다는 말을 구 과장에게 전달했다.

그걸 듣고 구 과장은 민호의 편지를 서랍 안에 넣어 놓았단다.

이제야 알겠다는 표정으로, 나중에 읽어봐야겠다고 생각한 민호.

그때 조정환이 휴게실로 찾아왔다.

"과장님, 장 대표팀이 부르십니다."

"어떤 과장?"

"나?"

"……?"

이곳에 있던 과장은 모두 셋.

조정환은 머리를 긁으며 미안한 듯이 제대로 표현했다.

"아, 죄송합니다. 김 과장님이요. 급하게 찾으십니다."

민호는 고개를 끄덕이며 바로 사무실로 향했다.

장규호 대표는 여전히 미소를 얼굴에 그리며 자신을 맞았다.

"그… 자네가 추진하는 라면 있잖아."

"네, 대표님."

"너무 하청 업체에 의존하는 것 같아서 말이야."

"……."

너무 하청 업체에 의존한다?

그럴 수밖에 없었다. 글로벌 푸드라는 자회사는 언론에 발표만 했을 뿐이지, 법인으로서도 실체가 없었고, 들어갈 건물도 확보하지 못했다.

그 시기가 '조만간' 이기는 하지만, 회사도 없으니 공장도 없지 않은가.

이런 민호의 표정을 읽었는지, 장규호는 웃으며 말했다.

"아아, 내가 뭐라고 하는 게 아니라. 하청 업체의 숫자를 너무 많이 확보해서… 조금 문제가 되지 않을까 생각이 들긴 해서 말이야. 알다시피 회사에 돈이 많은 것도 아니고… 나중에 공장 확보해서 물량이 쏟아진다면, 그때 가서 하청 업체를 줄여야 하는데…."

"혹시 하청 업체의 숫자를 차라리 줄이고 시작하자는 말씀이신지… 그렇다면…."

"아아. 내가 그렇게는 이야기 안 했고, 나중에 줄일 때의 결과를 한 번 생각해 보자고. 그때 오히려 서로 상처가 되는 걸 자주 봤거든. 그럴 바에야…."

민호는 말을 끄는 그의 의도가 무엇인지 대충 짐작했다.

그래서 당연히 반대 의견을 내려고 입을 열었는데, 먼저 장규호가 자신의 표정을 보더니,

"지금 줄이라고 말하고 싶지만, 안 된다는 건 나도 알아. 하하하. 그냥 해 본 말이야, 그냥… 하하하."

라고 끝맺음을 했다.

웃음, 또 웃음. 그런데 그의 미소를 보는 민호의 예감은 '주의' 를 신호하고 있었다.

121회. 그들의 정체

어제 유미와 오랜만에 좋은 시간을 보낸 민호.

40시간 안에 남자에게 호감을 줄 수 있다는 걸 이미 알고 있지만, 이게 강력한 힘 정도는 아니었다.

지금 웃고 있는 장규호도 마찬가지.

웃으면서 자신을 바라보는 눈빛이 매우 불안정해 보였다.

그랬기에 민호는 불길한 예감에 사로잡혔다.

이게 혹시 잘못된 예감일까?

민호는 그 반대이길 바랐다.

자리에 돌아와서 한참 생각에 젖은 이유도 그 때문이었다.

그러나 도저히 가만히 있을 수 없었다.

장규호에 대해서 먼저 알 필요가 있다고 판단한 민호.

인터넷 검색도 있고, 물어볼 사람도 많았지만, 인사팀의 차원목 대리를 찾아갔다.

"잠시 시간 좀 내주십시오."

"네? 무슨 일로…."

민호만 보면 살짝 질린다는 표정을 짓는 차원목 대리.

화장실에서 입을 잘못 놀린 약점을 언제까지 쓸 건지 끔찍한 생각만 들었다.

이번에도 약점 공략으로 무언가 얻어낼 것 같다는 느낌을 강력히 받았는데, 역시나 들어맞은 예감.

옥상까지 끌고 올라오더니 장규호에 대해서 꼬치꼬치 물어보기 시작했다.

"그건 정말 보안입니다."

"데이터를 보자는 게 아닙니다. 그분이 예전에 계신 회사에서 어떤 일이 있었는지만 알려주십시오."

"안 됩니다. 절대 안 됩니다."

고개를 좌우로 젓는 차원목 대리.

이번만은 절대 알려줄 수 없다는 표정을 짓고 있었다.

예전 강태학이야, 민호 아랫사람이라지만, 이번 경우는 완전히 그 케이스가 달랐다.

윗사람, 그것도 새로 생길 자회사의 대표로 예정된 사람이다.

아무리 민호에게 약점을 잡혔다지만, 잘못하다가는 모가지가 댕강! 하는 상황이 발생할 수도 있었다.

하지만 순순히 뒤로 물러날 민호가 아니었다.

"차 대리님. 그동안 제가 무례했다는 거… 잘 알고 있습니다. 나이도 어리고 경험도 적은 제가 갑작스럽게 이 위치에 올라선 것이 가끔 독약이 될 때가 있습니다. 그때가 그랬죠. 안하무인이었다는 점. 인정하고, 이제는 정말 다르게 살려고 합니다."

"……."

"결국, 차 대리님이나 저나 같은 직장인으로서 회사가 잘 됐으면 하는 바람 아닙니까?"

진지한 표정, 열정적인 눈빛. 거기에다가 겸손한 말투까지.

진짜 예전과는 달라 보였다.

신기한 일이었다. 평소에는 민호와 우연이라도 마주칠까봐 피해 다녔는데, 오늘은 왠지 모르게 민호의 얼굴에서 후광이 나는 것 같았다.

이건 가슴이 시키는 일이고, 머리가 시키는 일은….

현재 민호가 회사에서 어떤 위치에 있는지 아주 잘 알고 있다는 점.

차세대 대표 0순위가 안재권이라면, 재권의 브레인이 민호라는 소문.

사실 소문의 단계도 이미 벗어나 있었다.

거의 확정적인 사실에 가까웠다.

그렇다면 앞으로 자신이 누구와 더 오래 회사 생활을 하겠는가.

만약 민호와 좋은 관계로 맺어진다면, 자신에게는 큰 기회가 될 수도 있는 일이다.

결국, 마음과 머리 둘 다 시키는 일을 해야 한다고 생각한 차원목 대리.

그는 고개를 저으며 입에서 한숨을 내뱉었다.

"휴우… 정말…."

"……."

"많은 걸 알려드릴 순 없습니다."

"많은 걸 바라지는 않겠습니다. 단지 하나입니다. 예전에 식품회사를 경영했다고 하는데… 어떤 상황이었는지…. 왜 우리 회사에까지 오게 되었는지. 이 정도면 충분합니다."

말은 간단했지만, 사실 거의 신상털기에 가까운 거였다.

사생활을 제외한 장규호의 비즈니스에 대해서 상세히 듣고자 하는 민호.

의심이 생겼다면 짚고 넘어가야 자신의 속도 후련해진다고 생각했다.

그런데 이야기를 들어보니 평범했다.

중견 식품 기업 사장이었다는 것.

나름대로 덕망이 높아서 사원들의 지지까지 꽤 받았다는 부분.

회사 운영 또한 잘했지만, 자금이 없어서 결국 라떼 그룹에 흡수합병되었다는 이야기.

흠잡을 곳은 전혀 없었다.

아니 오히려 그것 때문에 의심이 더 풀리지 않았다.

"라떼 그룹에서는 식품 계열사 이사까지 갔는데… 지난번 왕자의 난에서 줄을 잘 못 서는 바람에…."

"네…."

완벽한 시나리오였다.

자신이 감독이었다면, 정말 치밀하도록 잘 구성된 각본이었다.

예감은 그냥 예감으로 끝날 모양이다.

더구나 지금까지 자신이 믿어왔던 예감 중 몇 가지가 '허당' 으로 밝혀졌으니.

"그리고 혹시나 해서 알려드리는 건데…."

"……."

"저번에 잘못 알고 계신 게 있더라고요. 제가 화장실에서 말했던 건 실수였지만… 어쨌든, 송연아 씨가 송 이사의 따님 맞습니다."

"……!"

민호의 눈이 그만 커져 버렸다.

"그… 그럼… 조정환 씨도?"

"네. 그렇습니다. 조 전무님과 송 이사님이 특별히 그쪽으로 배치하기를 원했습니다. 김민호 과장 밑에서 일을 배워야 한다면서….”

차원목은 지금 이 말도 다 털어놓고 싶었다. 왠지 모르게 그에게 도움이 되기를 바랐다.

확실히 도움이 된 것은 맞는 것 같았다.

민호의 표정에 고맙다는 빛이 어렸을 때, 왜 이렇게 뿌듯한지 모르겠다.

“어쨌든 감사합니다. 그리고….”

“네, 네.”

원하던 정보가 아닌, 새로우면서도 새롭지 않은 정보를 습득한 민호.

주마등처럼 여러 기억이 머릿속으로 흘러갔다.

잠시 혼란에 빠졌다.

그러나 곧 회복했다.

그들이 누구든 간에 지금은 자신의 밑에 있는 부하직원이다.

그런데다가 차원목에게 할 말은 해야겠다.

“그런 보안 정보를 화장실에서 말씀하시는 건, 아무리 그래도 아니죠. 안 그렇습니까?”

잠시 멍한 표정의 차원목 대리.

예전에 봤던 사무적인 음성으로 변한 민호를 보며 멍해지고 말았다.

그런 그를 보며 어깨를 두드리며 민호가 낮은 목소리로 말했다.

"하지만… 이번만 특별히 눈감아드리겠습니다. 다음번에도 좋은 정보를 제공해주신다면 말입니다. 하하하."

차 대리는 어쩔 수 없다는 얼굴로 고개를 끄덕였다.

이상하게 오늘은 민호에게 호감이 생겼다.

뒤돌아서는 모습까지 멋졌다.

남자가 봐도 이러니, 여자는 어떻겠는가.

민호가 여자에게 왜 인기 있는지 이제야 깨달은 표정으로 이제부터는 더 그에게 협조하리라 다짐했다.

⚜

한편, 사무실로 돌아온 민호.

겉으로 보기에 아무 문제 없는 일을 들출 필요가 없다는 결론을 내렸다.

지금은 사실 내부에서 똘똘 뭉쳐야 시너지 효과를 거둔다.

쓸데없이 자신의 예감에 의존해서 남을 의심하는 행위는 지양해야 하는 법.

일단 장규호의 말에 일리가 있는지에 대해서 검토하고 또 검토했다.

옳은 부분이 있었다.

확실히 하청 업체를 과도하게 잡고 있다면, 숫자 조절이 필요했다.

그는 재빨리 조정환을 불렀다.

"조정환 씨"

"네, 과장님."

조명회 전무의 아들로 밝혀진 정환.

어쩌면 생김새가 저렇게 안 닮을 수가 있단 말인가.

자신이 깜빡 속아 넘어간 이유가 있다고 자위하면서, 그는 말을 꺼냈다.

"하청 업체 섭외는 그만 중지하세요."

"네?"

"이 정도면 될 것 같아서요. 일단 상품이 나오고 나서 추이를 보자고요."

"네, 알겠습니다."

민호는 하청 업체 확보를 당장은 중지했다.

처음에는 자사공장이 없기에 많은 수를 확보하려고 했는데, 상황을 보고 일 처리를 하는 게 나았다.

물론 여기서 그 상황이란 인도네시아 라면도 포함된다.

이 부분은 아직도 상부에 알리지 않았다.

좀 더 확실해지고 나서 보고하리라 생각한 민호.

그걸 확인하기 위해서 자리에서 일어섰다.

"저 하청 공장 갔다 오겠습니다."

"오오, 김 과장. 역시 바쁘군. 바빠. 작년부터 지금까지 회사를 김 과장이 다 먹여 살렸던데… 이번에도 또 뭐 있는 거 아냐?"

"아… 하하하. 칭찬 감사합니다."

"뭐 있으면 미리 좀 알려줘. 응? 앞으로 2주만 볼 사이라고… 너무 정 없이 그러지 말고. 하하하."

"네, 네. 알겠습니다."

친근한 말투로 자신의 외근을 마중하는 장규호.

심지어 자리에서 일어나 엘리베이터까지 따라나왔다.

그리고 하는 말.

"근데 진짜~ 진심이야. 김 과장, 꼭 새로운 정보 있으면 알려줘야 해. 응?"

– 띵! 엘리베이터가 도착했습니다. 문이 열립니다.

"네, 정말 그러겠습니다. 하하."

엘리베이터가 바로 도착해서 민호는 그와 같이 응답하며 들어섰다.

그런데 문이 닫히는 순간.

민호는 여전히 그의 눈빛에서 '열망'을 캐치했다.

무언가 알고 싶다는.

정확히 말하면 무언가 캐내고 싶다는 그 열망!

이 또한 착각일까?

엘리베이터가 문이 완전히 닫히자 민호의 눈빛은 백팔십도로 달라지기 시작했다.

왠지 모르게 자꾸 의심된다. 그러지 말아야 한다고 생각하면 할수록.

유미 아버지의 회사로 가는 동안 계속 머릿속에서 그 의심이 지워지지 않았다.

어쩌면 오늘 자신이 풍기는 매력 때문에, 장규호의 속마음을 포착했을지도 모른다는 생각 까지 들었다.

그렇지 않았다면, 완벽하게 본연의 모습을 숨기며 자신을 대했을 거라는 예감.

그런 생각에 벌써 유미 아버지의 회사에 도착하고 말았다.

민호는 옷매무새와 얼굴을 거울에 비추며 점검했다.

이제부터는 다른 생각을 해야 한다.

오늘 유미의 아버지, 정필호에게 선언하려고 결심한 민호.

아까부터 생각했었다.

유미와 어제 관계한 후 40시간이 아직 지나지 않은 시점에서 얻어낼 걸 다 얻어내야 한다고.

그 시간이 도래했다.

차에서 내려 사장실로 행진하는 민호의 발걸음에 각오와 다짐이 새겨져 있었다.

문을 노크하는 손목에서도 마찬가지.

"저 왔습니다. 장인어른."

똑똑. 정확히 두 번 문을 두드리며 목소리를 높여 말을 꺼냈다.

그런데 안에서 응답이 없었다.

똑똑똑.

"장인어른? 장인어른!"

문을 또 두드리며 목소리를 높였는데, 역시나 안에서는 아무 인기척조차 없었다.

그래서 열어보았을 때, 사장실은 텅 비어 있었다.

그러나 곧 정필호의 목소리가 밖에서부터 들려오기 시작했다.

"우리 사위 될 사람이 특별히 부탁한 거야. 오늘 온다고 했는데, 아직도 안 만들어 놓고 뭐했어?"

"주… 주말이 껴서…."

"주말은 무슨 놈의 주말! 지금 장난해? 돈 벌어먹기 싫어?"

"아, 이 친구… 무슨 놈의 성질이 이렇게 급해? 지난주에 이야기하고 어떻게 일주일 만에 만들어? 금형 몰라? 그게 말하면 뚝딱 하고 바로 나와?"

누군가와 대화하는 목소리는 점점 가까워져 왔고, 급기야 민호가 있는 사무실로 들어오면서까지 그 대화가 이어졌다.

"몰라, 몰라, 몰라. 여하튼 오늘까지 그거 만들어 내! 우리 사위가 얼마나 기대하고 있는데? 알았어?"

"아… 진짜… 사위 없는 사람 서러워서 살겠나. 밤을 새워도 안 돼. 안 되는 건 안 되는 거야."

"그럼 나 다른 데로 금형 알아볼… 어?"

들어오면서 드디어 민호가 왔다는 걸 깨달은 정필호.

비슷한 나이의 누군가와 함께 들어오다가 표정을 살짝 바꿨다.

민호는 그 이유를 알았다.

본인의 입에서 사위로 인정한다는 그 말을 내뱉었는데, 그게 민호의 귀에 들어갔으니 표정 관리에 들어간 것이다.

그러나 기회를 놓칠 민호가 아니었다.

"안녕하세요. 장인어른. 저 왔습니다. 하하하."

"결혼도 안 했는데, 장인어른은 무슨…."

곧바로 민호가 부른 '장인어른'이라는 단어를 취소시키려는 그에게 군 생활 전역 동기이자 친구인 김종방의 목소리가 들렸다.

"이야~ 드디어 사위 등장이야? 입이 침이 마르게 자랑을 하더니…."

"내… 내가 언제…."

"할만하네. 내 평생 이렇게 후광이 넘치는 사람은 처음 보는데? 나중에 뭐가 되도 크게 되겠어. 하하하."

"그… 그건 그렇지만…."

김종방의 말에 정필호가 은근히 미소를 띠었다.

표정으로 민호의 칭찬을 받아들인 것이다.

민호는 최대한 겸손한 자세로 앉아 있었다.

누가 보면 '싸가지' 김민호가 아니라고 생각이 들 정도로.

그러다가 김종방이 나가자 드디어 분위기를 가다듬고 정필호에게 이야기를 꺼낼 준비를 했다.

정필호 주변에 숟가락이 있는지 한 번 살피고 나서 호흡을 가다듬은 민호.

이제 유미와 빨리 결혼하겠다는 말을 어떻게 시작할까 고민하고 있었는데, 정필호의 목소리가 들렸다.

"남자라면 자기 일에 책임져야 하는 거 알지?"

"네?"

"유미 말이야, 이제… 그만 네가 데리고 가라."

122회. 웃음의 의미

민호의 눈이 엄청나게 커졌다.

자신보고 유미를 데리고 가란다.

결혼을 이야기하는 것이 틀림없었다.

"자…자… 장인어른…."

"왜? 설마 싫다고 하는 건 아니겠지?"

"그… 그럴 리가요? 절대 아닙니다."

"그럼 빨리 데리고 가라. 자꾸 둘이 늦게까지 돌아다니고 그럼… 이제 신경 쓰인다. 에휴…."

한숨을 내쉬는 정필호의 얼굴.

민호는 그것을 보면서 짐작했다.

차라리 그가 보수적인 게 자신에게는 훨씬 호재로 작용

한 것 같았다.

이미 자신과 유미 사이를 알아버린 정필호는 아마 걱정할 게 분명했다.

혹시라도 애까지 들어서 버리면, 가장의 권위와 교육방침은 하늘을 뚫고 안드로메다로 날아가 버릴지 모르는 일이라고.

그 전에 맺어주는 게 옳은 일이라는 생각이 민호의 눈에 엿보였다.

이 기회를 놓칠 민호가 아니다.

그는 기쁜 기색을 숨기지 않고 바로 야욕을 드러냈다.

"알겠습니다. 그럼 저희끼리 날짜 잡을까요?"

"……."

"아… 실숩니다. 저희끼리가 아니라, 저희가 생각한 날짜를 말씀드릴까요?"

"그건 인마… 순서가 있는 거야. 일단 상견례부터 해야지."

"좋습니다. 그 날짜부터 잡겠습니다."

"얼씨구… 아주 속도를 높인다, 너? 그러다가 과속한다, 과속해!"

민호는 그의 과속이라는 말에 살짝 찔렸다.

하지만 속력을 내야 한다는 건 사실.

유미의 배가 불러오기 전에 결혼한다는 목표로 그는 계속 정필호를 떠봤다.

"그럼 이번 주 주말은 어떻습니까?"

"네가 부탁한 라면 만들어야 해. 그 이전에는 주말 반납하고 일하려고."

"아…네…."

이렇게까지 말하니 민호는 또 섣불리 입을 열 수도 없었다.

자신이 내준 숙제나 마찬가지다.

인도네시아 진출의 열쇠를 쥐고 있는 라면. 그 이야기 하다가 정필호의 숟가락을 정면으로 맞았지만, 어쨌든, 나름대로 그룹의 비상을 꿈꾸는 일이기도 한 특급 아이디어이자 일급비밀이었다.

그렇기 때문에 민호의 입에서 한 가지 조심스러운 당부가 새어 나왔다.

"아, 그거 말인데요. 인도네시아에 팔 라면…."

"응."

"저 말고 누가 물어봐도 비밀 좀 유지해주세요."

"그거야 당연하지. 우리 사위… 네가 말 한 건데, 당연히 그건 아무한테도 말하지 말아야지."

"설사 회사의 사장님이 오시더라도 절대 비밀입니다."

"그래 알았어."

몇 번이나 당부하는 민호.

그다음으로 일의 진척상황을 점검하니 일주일 정도 더 소요된다는 말만 했다.

결국, 다음 주에 다시 상견례 이야기를 해야 한다고 생각하며 일어섰다.

그런데 정필호의 회사를 나와서 민호가 향한 곳이 바로 아까 김종방의 금형 회사였다.

그는 금형이 늦게 나오는 이유를 여러 가지로 생각하고 있었고, 그중 하나가 혹시 돈이 아닐까 짐작해봤다.

금형 회사의 사장실로 들어가서 김종방에게 그 이야기를 물어보니 역시 맞았다.

"내가 의리 때문에 하고는 있는데… 원래 금형 일 하면서 선입금이 조금 필요하거든? 그래야 종업원들한테 야근도 말해보고 주말 특근도 말하지. 실제로 다른 업체 일을 뒤로 미루려면 그렇게 해야 하잖아."

"그렇죠. 옳으신 말씀입니다. 제가 해결해드리겠습니다."

"그래. 젊은 사람이 말 좀 통하네. 여하튼… 어차피 샘플 금형이라 일은 이삼일이면 충분해. 아까도 말했지만, 돈 몇 푼 쥐어서 종업원들한테 말하면 되니까…."

"이따가 회사 들어가서 바로 보내겠습니다. 그럼 시간은 이번 주 안으로 가능하죠?"

"그러어엄! 당연하지."

민호는 그렇게 일을 끝마치고 몇 군데 하청 업체를 더 들렀다.

거의 모든 제조업에서 필요한 금형.

정필호와 김종방의 대화로 우연히 알게 된 사실인데, 분명히 애로사항이 있을지도 모른다고 생각했다.

그의 짐작이 맞아떨어졌다.

다른 하청 업체들, 특히, 최근에 컨택한 하청 업체의 일 진행 상황이 꽤 늦어졌다.

원래 국내 출시 라면은 2주 후에 자회사를 설립한 후 바로 나와야 하는데, 이런 진척상황이라면 물량에서 문제가 생길지도 몰랐다.

그는 퇴근 시간 전에 회사에 들어가기 위해서 가속기를 좀 세게 밟았다.

회사로 가는 동안 이들 하청 업체에도 선입금을 통해서 살 길도 열어주고, 일의 능률도 올려야 한다는 생각이 계속해서 들었다.

그러자 더 가속기를 밟을 수밖에 없었는데, 저 앞에 경찰이 눈에 보였다.

다행히 속도를 어기지는 않았지만, 이러다가 딱지를 떼든, 사고를 내든 둘 중 하나라는 생각이 들어서 재빨리 블루투스로 전화했다.

(여보세요?)

"어? 김 대리님?"

3팀 전화를 먼저 받은 건 김아영이었다.

"아니, 조정환이나 송연아는 뭐 하고 있는 거예요? 우리 김 대리님이 전화를 먼저 받게 하고? 하하하."

민호는 웃으면서 용건을 말했다.

재무팀에 결재받을 서류 하나 만들어 달라고.

(알겠어요. 금방 만들 거 같아요.)

“만약 제가 퇴근 시간 전에 도착하지 않으면, 바로 재무팀에 넘겨주실래요?”

(네, 그럴게요.)

이제 안심이 되었다.

마음이 편해지니 오히려 길이 뚫리는 것 같았다.

그래서 퇴근 시간 전에 회사에 들어올 수 있었다.

그런데 그가 회사에 들어가자마자 자신을 맞이하는 사람이 있었다.

바로 2주간 임시 본부장을 맡은 장규호다.

“야, 우리 회사에서 가장 뛰어난 인재 님이 복귀하셨네. 그런데 그냥 퇴근하시지? 뭐하러 또 들어왔어?”

“결재 좀 받을 서류가 있어서요.”

“아… 그 이야기 들었어. 아까 김아영 대리에게 부탁해 놓은 서류 말하는 거지?”

“네… 그렇습니다….”

민호는 말끝을 흐렸다.

원래대로라면 그에게 약식보고라도 하고 재무팀에 넘겨야 한다.

사실 그러려고 했지만, 하루라도 빨리 처리하고 싶은 마음이 들었다.

이 부분은 분명히 민호의 실수였는데, 이것도 사실 습관이었다.

보통 재권이 본부장이었을 때, 항상 민호의 기획안이나 결재서류는 '하이패스' 였다.

재권은 민호에게 말했다.

시간을 다투는 상황에서 굳이 보고를 우선으로 하지 말고, 선 처리 후 보고의 융통성을 발휘하라고.

그 습관대로 하다 보니 장규호를 패스할 수도 있었던 상황이 발생한 것이다.

살짝 찔린 민호. 다행인지 불행인지 장규호가 웃으며 말했다.

"아아, 괜찮아. 여기 구 과장한테 물어보니까, 원래 관행처럼 되어 있다고…."

"…죄송합니다."

민호는 재빨리 고개를 숙였다. 이건 한 번 더 생각했어야 하는 일이었기에.

그래도 그가 이해해줘서 안도감이 들었다.

물론 장규호의 다음 말이 그 안도감을 의구심으로 만들었지만….

"그런데 말이야. 내용이 좀 그렇더라고. 그래서 일단 재무팀으로 넘기는 건 내가 보류시켰거든?"

"……?"

물음표. 민호의 눈이 보내는 표시.

그걸 이해 못 할 장규호가 아니었다.

그리고 현재까지 장규호의 캐릭터는 '친절함' 이었다.

당연히 그 이유에 대해서 설명하기 시작했다.

"아까 그 관행 말이야. 자네가 본부장의 결재를 안 받고 통과 시키는 거… 난 나쁘지 않다고 생각하네. 그렇다고 좋다고 보지도 않아. 다만 선례가 있었기에 용인한다는 뜻이다. 이번 하청 업체 건도 그러네. 선입금을 해주는 거… 할 수 있지. 그러나!"

특히 맨 마지막 말을 강조하고 싶은지, 조금 더 힘을 주는 장규호.

그의 눈에도 힘이 들어갔다.

입은 웃음을 머금고 있었고. 그 묘한 조화 속에서 말은 이어졌다.

"그 선례가 관행이 되면, 회사는 다음에도 계속 선입금을 넣어야 하네."

"그게…."

"……."

"왜 안 좋은지 전 잘 모르겠습니다."

민호는 아예 처음부터 웃고 있지 않았다.

표정의 변화로만 봤을 때에는 장규호보다 그가 아예 없었던 상황.

그래서 지금 장규호의 표정 변화가 더 눈에 띄었다.

민호가 그 말을 마치자 슬슬 입가에 웃음이 사그라지기

시작한 것이다.

"정말… 몰라서 묻나?"

"아뇨. 정확히는 잘 알고 있습니다. 선입금 관행이 있다면… 하청 업체에서는 더 열심히 일할 거라는 걸."

"……."

"그래서 이번에는 반드시 해야 한다고 생각하는데… 혹시 반대 의견이십니까?"

민호의 질문까지 나오자 그의 표정에서 완전히 웃음이 없어졌다.

그러다가 갑자기 호탕한 웃음이 새어나왔다.

"하하하하하하."

"……."

"하하하. 반대는 무슨… 내가 왜 반대하겠나? 자네에 대해서 들었네. 할 말이 있으면 지위 고하를 따지지 않고, 끝까지 한다면서? 오늘 처음 내가 당하는구먼. 하하하."

민호는 그의 웃음이 점점 가장된 것이라는 걸 느꼈다.

그리고 드디어 오늘 아침부터 들었던 예감의 정체를 알았다.

그건 바로 그와 자신의 충돌이었다.

물론 표면적으로는 절대 아니었다.

서류를 민호에게 전달해주면서 여전히 미소를 지우지 않고 있는 장규호의 입이 열렸다.

"좋아, 좋아. 일단 그래도… 내가 여기다가 사인을 하는 게 보기에 더 좋을 거야. 안 그런가? 자, 이미 사인은 해 놨네. 여기… 가지고 가게."

그런데 민호는 그 서류를 받은 후에 90도로 허리를 숙였다.

"제가 다소 무례했습니다. 그럼 결재받으러 가겠습니다."

내용은 사과였지만, 결코 비굴해 보이지 않는 자세.

유통 본부 직원들의 얼굴에 감탄이 흘러나왔다.

사실 아직도 민호의 매력은 떨어지지 않았다.

당연히 민호가 한 행위에 설득력은 자동으로 그들의 머리에 입력되어 있었다.

반면 장규호는 혼란스러워했다.

왠지 모르게 민호에게 호감이 느껴졌지만, 기분도 나빴다.

자존심이 상했다는 말이 더 정확한 표현일 것이다.

이걸 힐링하기 위해서는….

"자, 자. 오늘 내가 처음 온 날이야. 보통 이런 경우 난 회식을 하지. 어떤가? 오늘 술 한잔 할 시간들 비워줄 수 있어?"

"어? 회식이죠? 좋습니다."

바로 동의하고 나서는 구인기 과장.

다른 사람들도 한둘씩 참석을 표시했다.

신입사원과 일반 사원들은 아예 빠지지 못할 상황이다.

물론 예외도 있었다.

“죄송하지만… 전 할 일이 있습니다.”

모두의 시선이 한 사람에게 모였다.

책상 위에서 열심히 무언가를 암기하다 중단한 이정근이 손을 번쩍 들고 하는 말이었다.

오늘은 심지어 강태학도 참석한다고 했는데….

“이걸 외워야 해서요.”

그는 자신을 빤히 쳐다보는 강태학에게 손가락으로 〈최근 10년간 국내외 유통시장의 흐름〉이라는 책자를 가리켰다.

분위기가 갑자기 얼었다. 단 2주지만, 유통본부를 이끌어갈 장규호가 회식자리를 마련한다고 했는데, 대놓고 빠지겠다고 말하는 신입사원.

그를 보는 눈초리가 심상치 않아 송연아가 재빨리 말했다.

“그거… 김 과장님이 이제 안 외워도 된다고 했는데….”

“아뇨! 외울 겁니다. 반드시.”

똥고집이었다.

구인기가 요즘 그를 보고 스펙만 좋은 꼴통이라고 했는데, 그 말이 사실인 것 같았다.

결국, 장규호가 사람 좋은 웃음을 내보이며 분위기를 수습했다.

"아, 아. 괜찮아요. 내가 사람들 강제로 데리고 가는 거 아니니까… 편하게… 편하게 자기 일 있으면, 남아서 하는 거지. 안 그래? 퇴근 시간 되었으니까, 회식 참여할 사람은 나랑 같이 나가고, 그렇지 않고 개인적인 일 있으면 가도 돼요. 난 강요하는 사람 아니야. 하하하."

"전 척 보고 알았습니다. 자, 뭐해? 갑시다, 가요!"

장규호의 말이 끝나자 구 과장이 바람을 넣었다.

그런데 이번에는 강태학이 말썽이었다.

구인기에게 어디 가는지 알려달라고 하고 좀 있다가 나가겠다는 이야기를 했다.

구 과장은 '도대체 3팀이 왜 단체로 반항하나?' 라는 표정으로 강태학에게,

"아니, 왜? 왜 그러는데? 가는 김에 같이 가. 자네도 할 일 있어?"

라고 묻자, 강태학은 표정 하나 변하지 않고 대답했다.

"과장님 오시면… 모시고 가려고요."

123회. 의심

민호는 재무팀에 서류를 제출한 후에 돈까지 입금해달라고 요청했다.

그의 말은 아주 잘 먹혔다.

회사의 자금 유용.

박상민 사장은 미리 지시해 놓은 상태였다.

민호가 개인적인 일로 사용하는 것만 아니라면, 대폭적으로 협조하라고.

나름대로 민호의 회사 내 권력은 막대했다.

물론 그에 따른 책임의 크기 또한 어깨를 짓누를 수밖에 없었지만….

사무실로 왔을 때, 민호의 눈에 이채가 서렸다.

이정근의 암기를 지도하는 강태학이 보였던 것이다.

"이것밖에 못 해?"

"……."

"그냥 외우지 않는 게 어때? 내가 과장님께 말씀드려 볼게."

"그건 안 됩니다!"

"그럼 잘하든가? 아이큐가 자그마치 일백하고도 오십삼이면 이 정도쯤은 가뿐하게 해줘야 하는 거 아냐?"

"백오십 삼입니다!"

"그거나, 그거나."

이제 좀 능수능란해진 것 같았다.

보고 있는 민호의 얼굴에 미소가 맺힐 정도로.

좀 더 발걸음을 옮겨 갔을 때, 자신이 온 것을 눈치챈 두 사람.

"퇴근 안 하십니까?"

"아, 과장님 기다렸습니다."

"저를요?"

"네, 회식이 있다고 해서… 같이 가려고요."

그 말을 듣자 민호가 살짝 놀랐다.

천하에 강태학이 회식에 참여한다?

이건 필시….

"혹시 저번에 저에게 걸린 거 때문에 그러시는 거라면…."

"헐… 아닙니다! 그건 절대 아닙니다! 그리고 여기서 그 이야기를 꺼내실 필요는 없지 않습니까?"

사무실에서 살 색의 향연을 시각적으로 즐겼던 지난날.

사실 그걸 민호에게 들킨 강태학은 늘 눈치를 보긴 했다.

그래서 이번 회식 때 약점 잡힌 것 때문에 참석해야 하는 거라면, 그러지 말라고 말하려던 참이었는데, 그가 이정근을 보며 손사래를 흔들었다.

당연히 이정근의 눈에는 호기심이 넘쳤다.

"뭐죠, 두 분?"

"넌 다 외웠어?"

이정근의 질문에 표정을 굳히는 민호.

이제 이름을 부르지 않고, '너'와 '야'로 호칭했다.

무시하는 것은 아니었다.

생각해보니 남자 사원 중에서 자신보다 유일하게 어린 사람이 이정근이었다.

나름대로 이 '싸가지'의 버릇을 고쳐놓고 싶었던 이유.

그가 없으면 나이로는 이곳에서 가장 막내가 될 수밖에 없기에….

"아뇨…."

곧바로 이정근의 시무룩한 목소리가 나왔다.

그걸 또 자극하는 민호였다.

"그거 강 대리 말대로 안 외워도 돼."

"할 겁니다."

"그럼 그러든지. 우린 간다. 잘 해봐."

"……."

뒤돌아서는 민호는 뒤통수를 째려보는 시선을 느꼈다.

하지만 무시하고 바로 사무실을 나왔다.

그런 그에게 강태학이 물었다.

"오기가 있어서 계속 저거 외운다고 고집을 부리네요."

"놔두세요."

"네… 그런데… 그래도…."

"어차피 신입사원이 할 수 있는 게 별로 없지 않습니까? 게다가 이정근이가 괜히 뭐 한다고 나섰다가는 힘들어집니다. 사고 칠 게 분명하거든요."

엘리베이터를 기다리면서 하는 자신의 말에 강태학이 고개를 끄덕이는 게 보였다.

사실 자신도 강태학도 윗사람의 명령에 잘 따르지 않는 반골 기질이 있었다.

조정환도 없지 않았는데, 워낙 민호와 강태학이 강해서 드러나지가 않았다.

이정근까지 반골기질이 있으니, 이 팀은 사실 망조가 들은 셈이었다.

그래서 민호는 차라리 팀 자체를 길들이기로 마음먹었다.

이미 가장 약한 조정환은 끝났고, 강태학 역시 지난번 살색의 향연을 들키는 바람에 약점이 잡혀 있었다.

이정근은 이미 머리가 좋다는 자존심이 많이 꺾였기에, 이제 조금 더 그의 자존심을 깎고 굴복시키면 만사 오케이.

이렇게 되면, 나름 팀 특색이 생길 수도 있다고 긍정적으로 생각하는 민호였다.

- 문이 열립니다.

그때 엘리베이터의 문이 열렸다.

민호는 들어가서 지하 2층을 눌렀다.

그것을 보고 강태학의 눈빛에 의문이 담겼다.

"회식장소는 근처에 '돼야지 집' 입니다."

강태학이 고깃집의 이름을 대자 민호가 고개를 흔들었다.

"회식 싫어하시잖아요. 그렇게 함부로 덤비면 회식에 대한 부정적인 이미지만 생깁니다. 그러니까…."

"……."

"…저랑 둘이 회식해요."

민호는 이미 회식에 대해 '톡' 을 받았다.

유통본부에 민호가 미치는 영향만큼, 그를 추종하는 사람은 꽤 많았다.

특히 여직원들의 집단 문자로 이미 회식 상황과 장소를 다 알고 있었다.

대체로 빨리 와서 놀다 가라는 사람들의 문자.

하지만 신기하게도 가기가 싫었다.

이유는….

"새로 온 장규호 대표가 왠지 모르게 걸려요."

민호는 포장마차에서 술잔을 기울이며 강태학에게 속을 털어놓았다.

그러자 강태학이 살짝 망설이며 말을 꺼내놓았다.

"사실 이 말씀을 드리려고 망설이고 있었는데…."

"……?"

"전에 있던 라떼 그룹에서 그분이 그만둘 때 말이 좀 있었답니다. 고의로 회사의 주식가치를 떨어트리는 일을 했다고…."

"……!"

예감이 적중하는가? 민호의 눈이 커지기 시작했다.

시선은 계속 강태학에게 고정되었다.

더 정보를 캐내기 위해 재촉하는 눈이지만, 강태학은 고개를 저으며 말했다.

"제가 들은 건 루머도 아니고, 딱 한 명한테 들었습니다. 아시다시피 제 인간관계가 거기까지거든요. 이것도 제 유일한 친구에게 들었는데, 그놈도 저랑 성격이 완전히 똑같아요. 다른 사람들과 달리 사람을 괜히 의심하고…."

강태학에게 친구가 있다? 그와 완전히 성격이 비슷한.

잠시 민호의 머리에 상상이 갔다.

그래도 다른 건 모르겠지만, 노력이라는 부분에서는 그를 인정해줄 만했다. 만약 그 친구도 강태학만큼의 노력파라면, 민호는 기꺼이 스카우트를 생각해 볼 것이다.

어쨌든 이야기를 들었으니 캐내야 하는 건 이제 민호의 몫이었다.

물론 강태학이 말한 것이나, 자신이 안 좋게 예감하는 것 둘 다 안 맞기를 바랐다.

만약 장규호가 새로 맡을 글로벌 푸드의 사장 내정자인데, 문제가 있는 사람이라면, 회사에 큰 손해가 발생한다.

하지만 문제가 있는 사람에게 회사를 맡길 수도 없으니, 당연히 조사해야 한다고 생각한 민호.

문제는 민호 역시도 인맥의 한계가 있다는 점이었다.

이것은 민호가 강태학처럼 인간관계에 어려움이 있어서가 아니다.

경험이 아직 쌓이지 않아 그만큼의 지인들을 주변에 깔아두지 못해서였다.

결국, 지인이 많은 사람을 통해서 정보를 캐내는 게 하나의 방법이고, 구인기 과장이 떠올랐다.

다음날 민호는 그에게 자기 생각을 넌지시 말해봤다.

구인기 과장은 눈을 동그랗게 뜨고 그럴 리가 없다는 듯이 민호의 말을 부정했다.

"뭐? 어제 회식 때 전혀 그런 말씀은 안 하시던데? 사원들과 격의 없이 보내는 게 정말 마음에 들어서…."

"전 그분의 인품을 이야기하는 게 아닙니다. '능력'과 과거 '경력'을 잠시 검토해보자는 거지… 그것도 조용히 해야 합니다. 잘못해서 그분의 귀에 들어가면…."

사실이 아닐 수도 있는 일에 의욕이 꺾일 수도 있다.

민호의 의도를 알았기 때문에 구인기 과장의 고개가 서서히 끄덕여졌다.

구인기 과장도 사람을 대하는 과정에서 많은 경험을 했다.

비위도 잘 맞추며, 연기도 잘했다.

지난번에도 시내면세점 획득 작전에서 이중첩자로 활약하지 않았던가.

열 길 물속은 알아도 한 길 사람 속은 모른다고 했다.

본인도 속을 숨기고 최종적으로 민호의 편에 붙었는데, 며칠 안 본 장규호의 속내를 모르는 건 당연했다.

"알았어. 될 수 있으면 은밀히 알아볼게."

"감사합니다."

미소로 대답하는 민호.

그리고 회사를 나오면서 그는 종로로 발걸음을 향했다.

더 확실한 방법 하나.

바로 '찌라시 공장'을 가동해 보는 것이다.

재권과 유정이 신혼여행 중이라서 서울에 잠시 올라온 종로 큰 손을 이 핑계 삼아서 찾을 수밖에 없었다.

어차피 유정이 자신의 아버지를 부탁한다는 말까지 하고 갔다.

잘 됐다 싶었다.

그동안 전화통화로 종로 큰손이 별 탈 없다는 걸 확인했다.

하지만 직접 만나러 갈 짬을 만들지 못한 게 마음에 늘 걸렸다.

그래서 이번에는 직접 그를 보고 건강 체크 겸 장규호의 지난 일을 파악할 기회가 생겼으니, '꿩 먹고 알 먹고'였다.

종로에 도착해서 저축 은행으로 들어간 민호.

예전에 봤던 종로 큰 손의 비서, 이우혁이 바로 보였다.

그가 서 있는 걸 보니 주변에 분명히 종로 큰 손이 있는 게 확실했다.

민호의 예측이 맞았다.

이우혁의 덩치가 좀 있는 편이었는데, 그의 몸에 가려져 앉아 있는 종로 큰 손이 이제야 보이기 시작했다.

재빨리 다가가 웃는 얼굴로 나타난 민호.

"아구, 깜짝이야! 너… 지금 노망든 노인한테 뭐하는 짓이냐?"

목소리를 높이는 종로 큰 손.

은행을 찾은 손님들이 뒤를 돌아보았다.

그러자 종로 큰 손은 겸연쩍은 듯 다시 음성을 낮추고 민호를 쳐다봤다.

민호는 여전히 미소를 감추지 않고 말했다.

"어르신이 회복되었다는 소식을 듣고 막 왔습니다."

"회복은 무신 개소리야?"

당연히 그냥 하는 말이었다. 그러나 일부러 한 말이었다. 말이라도 긍정적으로 표현해야 진짜 그렇게 될 것 같은 느낌에.

물론 근거가 없으니 재빨리 화제전환을 하는 게 또 민호의 몫이다.

"그나저나 은행은 잘 됩니까? 며칠 맡은 은행장이 영 불안해서 왔습니다."

종로 큰손의 앞에 있는 이우혁은 빙그레 웃었다.

여기서 '며칠 맡은 은행장'이란 바로 종로 큰손을 지칭하는 것이다.

그가 아는 사람 중 이런 식으로 종로 큰손에게 장난질을 치는 사람은 거의 없었다.

그런데 민호의 장난은 오히려 종로 큰손에게 힘이 되는 것 같았다.

의사도 자주 언급했다.

즐거운 생각과 말과 행동은 치료하는 데 크게 효과가 있다고.

그래서 그런지 몰라도 최근에 종로 큰손의 기억력은 더 나빠지지 않았다.

아니 가끔 예전에 잊었던 것을 기억해내기도 했다.

바로 지금처럼.

"SS610110."

"……!"

"그게 비밀번호였어. 아, 네 얼굴 보니 갑자기 생각난다. 염병할, 그때 생각해냈다면, 더 활용할 수 있었을 텐데…."

종로 큰손은 아쉽다는 듯이 입맛을 다셨다.

예전에 이 비밀번호의 조합을 떠올렸다면, 안재현에게 무언가 얻어낼 수 있었을지도 모른다는 생각이 머리에 떠올랐기에.

늙는다는 것은 서러운 것이다.

그리고 젊음을 보면 부럽기 그지없었다.

행장실로 민호와 함께 들어왔을 때, 그의 패기를 보니 종로 큰손은 다시 한 번 그의 젊음이 부러웠다.

"그래서…, 그 장규호란 그놈을 조사해달라는 그 말이구나."

"맞아요. 해주실 거죠?"

민호의 눈에 종로 큰손이 자신의 부탁을 거절하지 않을 거라는 확신이 담겨 있었다.

그를 만나면 늘 이런 마음이 들었다.

희한하게 자신이 부탁한 말을 다 들어줄 것 같은….

물론 가끔 이렇게 튕기는 것도 종로 큰손의 같은 패턴이다.

"고민 좀 해보고."

"1분 드리겠습니다."

"이놈 자식이…."

"고민하는데 뭐 그렇게 오래 걸립니까? 사위 회사입니다! 당연히 해주셔야죠. 자칫하면 미꾸라지 한 마리가 물을 흐릴 수도 있는 거 아닙니까?"

아예 장규호를 미꾸라지로 표현하는 민호.

거의 하자가 있다고 단언하고 있었다.

그런 민호의 표정을 보면서 종로 큰손이 혀를 찼다.

"쯧쯧쯧… 확신은 말이야… 예감으로 하는 게 아니야, 이놈아! 증거가 있어야지, 증거가!"

"지금까지 제 예감은 늘 맞았어요. 이번에도 분명히 맞을 겁니다."

"알았다, 알았어. 단!"

민호의 재촉에 귀찮은 듯이 손을 내젓는 종로 큰손.

그런데 마지막 말은 민호에게 어떤 단서를 붙이는 것 같았다.

당연히 민호의 눈과 귀가 종로 큰손의 입과 목소리에 집중했고, 기다리던 그의 조건이 나왔다.

"너… 바지사장 좀 해라."

"……!"

124회. 바지사장

민호는 혹시 잘못 들었나 생각했다.

바지사장이라니?

"정확히는 공장장이야. 찌라시 공장."

"네?"

"거기 글로벌에서 하는 일에는 도움이 되면 됐지, 큰 지장은 없어. 원래는 저기 있는 저 녀석이 돌리는 거였는데…."

종로 큰손은 눈으로 비서 이우혁을 가리켰다.

"내가 내려가 있는 동안 군이 따라오겠다고 해서… 에잉…, 쯧쯧쯧."

혀를 차는 종로 큰손은 그간의 사정을 간략히 말했다.

사실 찌라시 공장은 곳곳에 존재한다.

그리고 원래는 여의도에 있는 게 최고라고 했다.

그 자리를 빼앗아 온 게 바로 종로 큰 손이었는데, 지금 허유정이 용팔이란 사내와 호흡을 맞춘 뒤로는 다시 자리를 내주었다고 말했다.

"근데… 그게 참… 그 여의도 찌라시 공장을 누군가가 접수한 거 같아…."

누군가 찌라시 공장을 접수했다. 그것을 종로 큰손이 파악하지 못했다.

바로 이런 이유로 최고의 자리를 내주었다고 말하는 그였다.

"여하튼… 그러니까 네가 찌라시 공장을 한 번 돌려보고, 그 장규호인가 뭔가 하는 놈도 잘 알아봐. 난 솔직히 이제 그거 할 힘이 없어. 아… 물어보고 싶은 건 이놈한테 물어보고… 알았지?"

"뭐… 정 그러시다면야… 저야 그런 거 거절 안 하는 성격인지 아시지 않습니까?"

"염치도 없는 놈. 가라, 이제. 늙은이한테 쏙 빼먹을 거 빼먹었으니… 아, 맞다."

거기까지 말하고 민호는 가지고 왔던 봉투 하나를 건넸다.

"뭐냐? 연양갱이냐?"

"아뇨. 초콜렛."

"으… 그 단 걸 왜?"

"그냥 갑자기 연양갱보다 이거 사드리고 싶어서요. 맛있게 드세요."

민호는 그렇게 말하고 일어섰다.

사실 봉투 안에 들어 있는 건 진한 다크 초콜렛이다.

지난번 인도네시아에 갔을 때, 긴다 그룹의 중역인 꾸바야와 계속 연락을 주고받은 민호는 지난번에 카카오가 진하게 포함된 다크 초콜렛을 부탁했었다.

이게 치매에 매우 좋다는 걸 알아냈다.

스위스의 모슈 제약회사에도 자주 의사소통하며, 치매에 대해 정보를 캐낸 결과였다.

그 이야기는 굳이 종로 큰손에게 할 필요가 없다고 생각했다.

나오면서 그의 비서인 이우혁에게 귀띔하면 끝!

자신의 이야기를 듣고 이우혁은 눈을 반짝 빛냈다.

"그래요? 정말 감사합니다."

"아닙니다. 그거 잘 잡수도록 계속 조이세요. 말 안 들으면 저에게 꼭 말씀하시고요."

이우혁이 고맙다고 하는 말에 민호가 우스갯소리를 건넸다.

민호의 의도대로 이우혁은 당연히 웃었고, 둘은 은행 문을 나섰다.

말이 나온 김에 찌라시 공장을 견학하라는 종로 큰손의

권유를 민호가 받아들였고, 거기까지 안내하는 역할을 이우혁이 맡은 것이다.

가는 동안 우혁은 민호의 발걸음과 보조를 맞추면서 친절하게 대했다.

"걸어서 5분 거리입니다."

대단히 가까운 거리였다.

가는동안 민호는 종로 큰손이나 이우혁이나 참 대단해 보인다고 생각했다.

은퇴한 지하 금융의 대부와 그에 대해 의리를 지키는 충신.

찌라시 공장을 최고로 만들었다는 건 바로 이우혁일 텐데, 그걸 버리고 안성으로 같이 내려갔다는 점은 명리를 초월했다는 의미였다.

민호가 무슨 생각을 하는지 눈치챈 것일까?

찌라시 공장에 도착한 이우혁이 웃으며 말했다.

"어르신은 제 생명의 은인입니다. 그래서 전… 어르신을 절대 떠나지 않을 겁니다."

"……."

"자, 이제 도착했습니다. 지하로 들어가면 됩니다."

민호가 빤히 그의 얼굴을 쳐다보자, 겸연쩍은 듯이 바로 지하로 내려가는 이우혁.

그의 뒤를 쫓아서 민호가 계단을 내려가기 시작했다.

이들이 도착한 3층짜리 건물.

그곳 지하는 피시방이었다.

문을 열자 자욱한 담배 연기가 가득했고, 몇 명의 사람들이 군데군데 앉아 있었다.

그들은 민호와 우혁이 들어오자 잠시 고개를 돌렸는데, 곧바로 하던 게임에 열중했다.

그때 화장실에서 컵라면을 들고 오던 알바생 분위기의 젊은 청년 한 명이 다가왔다.

그는 급히 우혁에게 고개를 숙이며 인사했다.

"형님…."

민호는 눈에 호기심을 가득 담았다.

그러면서 머릿속으로 계속 이곳 상황을 체크했다.

어쩌면 피시방은 사람들의 이목을 속이는 곳이고, 진짜 본거지가 있으리라 추측했다.

민호의 예측이 맞았다.

곧이어 젊은 청년이 우혁과 민호를 데리고 안쪽 더 깊숙한 곳으로 데리고 가자, 문 하나가 더 있었다.

그곳을 통해 들어가니 이미 우혁이 들어올 줄 알았던지 모두 일어서 있었다.

"형님!"

"대표님!"

"대장!"

제각각 부르는 호칭.

민호의 눈에 그들의 면면이 보였다.

키가 작은 사람, 큰 사람, 나이가 좀 있는 사람, 아예 어린 사람.

심지어 여자도 포함되어 있었다.

민호가 들어가자마자 역시나 그녀는 그의 얼굴에서 시선을 떼지 못했다.

물론 민호는 가볍게 무시했다.

생각보다 넓은 공간이었다.

밖의 피시방만큼 큰 공간에 사무실처럼 꾸며져 있었다.

민호가 둘러보는 사이 우혁이 재빨리 그를 사람들에게 소개하기 시작했다.

"앞으로 찌라시 공장을 이끌어갈 분이다. 인사드려라."

그 말에 바로 고개를 숙이는 사람들.

민호는 이들의 행동을 머리로 이해하지 못했다.

우혁의 말에 너무 맹목적인 것이 아닌가.

그렇다면 자신이 통제하기 힘들었다.

그때 그의 귀에 들리는 사람들의 목소리.

"말씀 많이 들었습니다."

"전 형님으로 모실 겁니다."

"저는 대장으로…."

"……?"

민호의 눈에 물음표가 아주 많이 새겨졌다.

당연히 옆에 서 있는 우혁에게 시선을 돌렸다. 그것은 자신의 의문을 풀어달라는 뜻이었다.

그런데 갑자기 그가 고개를 살짝 숙였다.

“일단 먼저 사과드려야 할 거 같아서….”

“네? 이건….”

민호가 급히 말리자 다시 고개를 드는 우혁의 얼굴에 미소가 깔렸다.

“사실 김민호 씨를 예전에 조사했었습니다.”

“아….”

대충 예상하긴 했다.

종로 큰손이 자신에 대해서 어느 정도 아는 거나, 허유정이 가끔 자신이 한 이야기에 놀라지 않는 반응을 하는 거나….

그래서 그러려니 생각하는 중이었다.

“굳이 사과까지 할 필요는 없습니다. 이건 이쪽 분들의 일이라고 생각해서….”

“네, 이해해주셔서 감사합니다. 사실 초반에만 조사하고 중지시켰습니다. 그런데 아직도 이 녀석들이 김민호 씨를 조사하고 다니는 것 같습니다. 가끔 저에게 연락이 와서요.”

“그런가요?”

거기까지 들었는데도 민호의 표정은 변함이 없었다.

어차피 크게 죄를 지은 적도 없기에, 나름대로 당당한 것을 표현하려 했다.

하지만 그의 다음 말은 그를 살짝 놀라게 만들었다.

"애들은 김민호 씨를 존경하고 있습니다."

"네? 저를요?"

"간단히 생각해 보십시오. 1년 동안 김민호 씨는 그 누구도 못한 일들을 정말 쉽게 처리하셨습니다. 여기 있는 애들은 많은 소문을 취합하여 사실 여부를 밝히고 그걸 돈의 가치로 환산하는데… 김민호 씨가 지금까지 벌인 일은… 자그마치 100조에 가깝다는 평가가 나왔습니다."

"……!"

100조라니 말도 안 된다고 생각했다.

그 생각을 읽은 것일까?

아까부터 그에게 시선을 떼지 않은 한 여자가 그에게 말했다.

"제로에서 시작하셨잖아요. 만약 김민호 씨가 안재현처럼 재벌 2세였다면? 아니 그냥 가까이 계신 안재권 본부장 정도였다고 해도, 지금쯤 글로벌 무역상사는 엄청나게 달라졌죠. 그래서 김민호 씨가 제 이상형인데… 흑!"

마지막에는 가짜로 눈물을 흘리는 척하며 고개를 돌리는 게 다 눈에 보였다.

눈, 코, 입이 모두 작았다. 그 때문인지 몰라도 더 귀여운 인상을 주는 그녀였다.

사실 나이를 추측하기가 꽤 힘들었다.

어쨌든, 그녀의 장난에 민호는 억지웃음을 지으며,

"후한 평가는 감사하지만, 아직 저는 멀었다고 생각합니다."

라고 말하자, 그녀가 또 반응했다.

"어머, 어머. 겸손과는 완전히 거리가 멀다고 하셨는데… 뵙고 보니 또 아닌가 봐요. 아니면 혹시… 제 미모에…."

"그만해라, 영계야. 이미 여자 친구가 임신까지…."

그때 머리를 완전히 밀고 코까지 피어싱한 키 작은 친구가 여자를 말리다가 그만… 하지 말아야 할 소리까지 해버렸다.

민호는 드디어 자신의 사생활까지 다 노출되었다는 걸 깨달았다.

"험… 험… 그, 일하는 거 이외에까지 조사하고 다니실 줄 몰랐습니다."

"아, 그건… 그건 그때 종로에 갑자기 순풍 산부인과에 나타나셔서…."

이번에는 덩치 큰 거한이 변명했다.

그러다 보니 다 나왔다.

민호는 어디까지 까발렸을까 생각하며 머릿속이 윙윙거리고 있었다.

슬슬 기분이 나빠지기 시작했는데, 그의 표정을 보고 나머지 사람들이 아까 말한 세 명을 째려보기 시작했다.

이 분위기를 정리한 것은 바로 우혁.

"그만들 하고… 김민호 씨는 이쪽으로 오시죠."

그는 민호를 데리고 다니면서 이곳에 대해서 설명하기 시작했다.

민호는 그의 이야기를 들으면서 고개를 끄덕였지만, 한편으로는 다른 생각도 해보았다.

정보를 취급하고, 때로는 법을 어기기도 해야 하는 곳.

그래서 상당히 위험한 공간이기도 했다.

갑자기 이곳을 맡아보라는 종로 큰손의 속내도 예측해 봤다.

그만큼 자신을 믿고 있다는 것이었고, 이 찌라시 공장을 통해서 글로벌 그룹에 큰 버프를 주고 싶어하는 것도 같았다.

그 이전에 빼앗긴 최고의 자리를 탈환하는 게 먼저였다.

그래서 그의 설명이 끝나자 민호가 직접적으로 물었다.

"최고의 자리다 아니다의 기준은 어떻게 평가합니까?"

"정보의 가치죠. 우리가 아는 정보를 저들은 알고 있고, 저들이 아는 정보를 우리가 모르고 있으니… 그런 걸 수치로 표현하자면, 결국 돈입니다. 이쪽 세계도 돈거래가 이루어지거든요."

"……."

"가치 있는 정보의 가격이 여의도에서 취급하는 게 더 높다는 건 자존심이 상하는 일이죠. 그래서 아까 재네들이 기대하고 있는 겁니다. 김민호 씨가 다시 최고로 이끌 수 있을 거라고 확신하면서."

그 말을 듣고 민호는 고개를 끄덕였다.

항상 그렇지만 그는 자신감 빼면 시체나 마찬가지.

바로 그들에게 희망을 선사했다.

"당연히 그렇게 되어야죠. 이른 시간 내에 이곳은 국내가 아니라 세계 최고의 정보를 취급하게 될 겁니다."

"역시…."

"최곱니다! 형님!"

우혁이 설명하는 동안 이들은 뒤를 졸졸 따라다녔다.

민호가 이 일을 받아주었으면 하는 간절한 마음을 지니면서.

그래서 최고가 된다는 야심 찬 포부를 민호가 꺼내자마자 저렇게 기쁜 마음을 표현했다.

물론 황당한 말을 하는 사람도 있었다.

"아, 정말. 유미 씨만 없었어도… 내가 낼름…."

마지막에 여전히 이상한 말을 한마디 던지는 그녀.

아까 '영계'라고 불리던 눈코입 몰린 여자를 바라보며 민호는 고개를 좌우로 저었다.

그리고 궁금함에 그녀가 아까 불린 호칭을 물었다.

"그런데 진짜 이름이 영계입니까?"

"아… 그건…."

갑자기 대답을 못 하는 그녀. 뭔가 우물쭈물하는 느낌이다.

그때 바로 옆에서 코에 피어싱한 남자가 답변했다.

"얘가 영계를 밝히거든요. 나이가 서른이 넘었는데, 지금까지 어린놈을 먹잇감으로 노려서… 이번에도 열 살은 더 어린…헙…."

재빨리 그의 입을 막는 영계 때문에 나머지 이야기는 듣지 못했지만, 충분히 추측할 수 있었다.

그래서 민호는 가볍게 웃으며 그녀의 시선을 피했다.

그의 나이도 아직 서른이 지나지 않았다.

누군가의 먹잇감이 되는 것은 사절이다.

어쨌든, 대충 각오와 포부까지 밝힌 상황에서 민호가 그들에게 내린 첫 번째 지시는?

"장규호에 대한 모든 자료가 필요합니다."

이렇게 바지사장의 첫 번째 일이 시작되었다.

125회. 우욱

찌라시 공장은 만능이 아니다.

그랬다면 벌써 종로 큰 손은 재계에 일인자로 등극했을 것이다.

그들도 한계가 있었고, 그 한계를 얼마나 많이 극복하느냐에 따라서 정보의 질이 정해진다.

수많은 양의 정보에 앞서 질이 더 중요한 것은 당연한 일.

민호는 거기에다가 '속도'를 강조했다.

드는 돈은 어차피 자기가 내지 않았기에, 필요하다면 돈 드는 일을 얼마든지 청구하라고 했다.

그래서 그럴까?

피시방을 나오면서 이우혁은 다소 걱정스러운 눈빛이 되었다.

"요즘 여기저기 돈을 쓰면서 슬슬 어르신의 자금도 줄기 시작했습니다."

"일단 자금 투입이야… 나중에 재권이 형하고 상의해 봐야죠. 사실 더 중요한 것은 자생력을 기르는 겁니다."

자생력이라는 단어.

우혁은 민호의 말을 곱씹어 보았다.

그리고 자금 지원을 받지 않고 살아남을 수 있게 만들라는 뜻으로 이해했다.

그러나 그게 아니었다.

민호는 지금 이 찌라시 공장을 아예 글로벌 산하 정보수집 계열로 포함하는 계획을 머릿속으로 세우고 있었다.

그에 따른 질문이 계속 쏟아졌다.

"아까 본 인원이 단가요?"

"아닙니다. 외부 인원도 꽤 있습니다. 주로 정보를 모아오는 애들인데…."

"……."

"아가씨가 좀 싫어합니다."

그 말을 하면서 우혁의 표정에 답답함이 스며들었다.

사실 그들의 활약이 줄어들자 정보의 질과 양이 현저히 떨어지기 시작했다.

그게 아쉬워서 지은 표정인데,

"그들이 여자인가요?"

민호의 말을 듣고 놀란 얼굴로 바뀌었다.

"어떻게 아셨습니까?"

"형수 님이 싫어하신다면서요? 그냥 여자가 아닐까 생각해 봤어요."

그렇게 단순할까?

물론 이번 건 분명 그냥 찔러본 것이다.

유정이 여자들과 잘 어울리지 못했다는 걸 그동안 보아 왔기에.

하지만 우혁의 표정에서 단서를 얻고 나서 민호의 머리 회전이 시작되었다.

이미 그는 단서 하나로 많은 것을 추리할 수 있는 단계까지 와 있었다.

이것은 예감과는 다른 것이다.

당연히 가끔 상대가 깜짝깜짝 놀라는 경우가 많았다.

이번에도 그동안 자신이 봐왔던 유정의 습성에 대해서 분석하고, 그녀의 취향을 분석해 보았다.

일단 음성적인 것보다 양성적인 것을 매우 좋아한다.

그녀의 아버지, 종로 큰손이 저축은행에 대해서 매우 신중했지만, 그녀는 아버지의 일을 이어받자마자 가장 먼저 한 게 바로 은행 추진이었다.

음성적인 걸 싫어한다. 거기다가 여자도. 마지막으로 그녀가 싫어하는 건 술이다.

그래서 나온 결론은?

"이런 말 하기 좀 그렇지만… 형수 님이 싫어하는 그들이 혹시 유흥업소 여자들이 아닐지…."

"마… 맞습니다. 정말 대단하십니다."

"아까 용팔이라는 분도 계셨습니다. 그분은 전에… 주먹도 쓰셨던 분으로 알고 있습니다. 그런데 그쪽은 그렇게 거부감이 없나 보네요."

"그러게요… 하하."

어색한 웃음. 우혁 역시 유정이의 차별을 약간 아쉬워한다는 게 점점 증명되고 있었다.

잠시 후 웃음을 멈춘 우혁은 은행 앞에서 민호를 보며 진지한 표정으로 부탁하듯이 말했다.

"이제 이곳은 유정 아가씨가 오셔도 통제하지 못할 겁니다. 벌써 몇 번이나 저에게 불만을 이야기한 애들이… 꽤 됩니다. 세상을 법 없이 살 수 있다면 얼마나 좋겠습니까? 그러나 아랫물보다 윗물이 더러운 게 사실이죠. 이런 시대에 무조건 음성적인 걸 안 하겠다고… 그런 생각으로 운영한다고 해서… 잘 꾸려지는 건 아닙니다. 그래서 어르신은 김민호 씨에게 부탁했다고 생각합니다. 잘 이끌어주십시오."

"알겠습니다."

민호는 길게 대답하지 않았다.

그러나 지금 한 대답에 진심을 담아 넣었다.

상대가 자신의 의도를 충분히 파악할 수 있도록.

돌아오는 길에 다시 한 번 찌라시 공장에 대해서 생각해 보는 민호.

이건 분명히 자신에게 기회가 될 수 있다고 생각했다.

다만 불법은 그 역시 지양하고 싶었다.

뭔가 방법은 찾아야 하는 게 민호의 숙제.

이건 시간이 필요하다고 여겼다.

그로부터 며칠이 지났다.

금요일까지 그는 찌라시 공장 전력에 대해서 대략 파악했다.

그동안 제일 먼저 민호가 지시 내린 장규호의 조사가 쉽지 않다는 보고가 들어왔다.

공장에서는 금요일 시점부터 일주일이 필요하다고 민호에게 말했다.

지금까지 사례에 비췄을 때, 그 정도의 시간이 소요된다고 보고한 것이다.

민호는 그 보고를 듣고 나서 그들에게 6일의 시간을 주었다.

그러면서 한 가지 열어 준 게 있었다.

"외부 인원을 풀로 가동하세요."

(모든 외부 인력을… 정말 가동해도 되는 겁니까?)

전화를 받은 용팔이란 사내가 약간 상기된 음성으로 대답했다.

마치 그동안 억압되었던 것을 다 풀어도 되느냐는 의미로 반문한 것이다.

그 질문에 민호는 다 알고 있다는 듯이 말했다.

"허유정 씨가 막아놓았던 사람도 포함됩니다."

(…….)

"힘듭니까?"

(아닙니다! 아닙니다, 당장 시작하겠습니다. 6일까지도 안 걸릴 것 같습니다. 늦어도 다음 주 월요일까지 장규호의 사돈에 팔촌까지 싹싹 긁어다가 보고드리겠습니다.)

"한 가지만 더…."

(네, 네. 말씀하십시오.)

"법을 어기지는 않았으면 좋겠습니다."

그 말을 하자 잠시 침묵하는 용팔이.

그게 쉽지는 않다는 걸 느꼈다.

하지만 민호도 이 부분에서는 타협하고 싶지 않았다.

유정의 방식이 맘에 들지는 않았지만, 한 가지 그가 동감하는 부분은 드러내지 않으면서도 양성화하는 것이다.

이른바 찌라시 공장의 비선 조직화.

그걸 목표로 계속 방법을 짜내고 있었다.

구체적인 것까지는 아니지만, 일단 법의 테두리 안에서 정보를 모을 생각을 하는 민호였다.

그래서 요구한 것인데….

(알겠습니다. 최선을 다하겠습니다.)

"감사합니다."

힘겹게 상대의 대답을 들은 민호.

몸을 돌려서 옥상 난간에 기댔다.

그렇다. 그는 현재 옥상에 있었다.

비상구 쪽에서 누군가 올라오지 않을까 신경 쓰면서 전화로 찌라시 공장에 지시를 내리는 중이었다.

시선을 돌리자 빌딩 숲이 눈앞에 보였다.

앞에 있는 대형화면에서 갖가지 뉴스가 계속 쏟아져 나오고 있었다.

언젠가 저 뉴스를 장악하리라.

원대한 포부가 다시 한 번 민호의 가슴 속에서 끓어오르고 있었다.

약간 흥분한 상태였다.

롤러코스터를 타는 심정이라고나 할까?

정점에 이르기 전에 천천히 올라가는 기분이 그의 마음에 차기 시작했다.

물론 잠시 후 그의 이성은 그 감정이 들끓어 오는 걸 자제시켰다.

현재 종로의 찌라시 공장은 여의도의 그것에 밀린다는 이야기를 들었다.

찌라시 공장의 일차적인 목표는 그들을 능가하는 것이다.

그리고 그걸 바탕으로 글로벌은 국내 최고의 정보를 움켜쥐고 비상하리라.

⚜

민호는 오후에 또 다른 일을 진행하기 위해서 유미 아버지, 즉, 그의 미래의 장인이 될 정필호의 회사를 향했다.

금형이 완성되어 드디어 샘플 라면이 나왔다는 소식을 전달받았던 것이다.

도착하자마자 바로 사장실로 직행한 민호.

짧은 인사 후에 급하게 라면에 대한 궁금증을 풀어냈다.

"그럼 그때 부탁한 라면 좀 시식해볼 수 있을까요?"

"응? 응. 그래."

민호의 말을 듣고 나서 정필호는 사람을 불러 라면을 가지고 오라고 지시했다.

몇 분 후 들여온 라면.

두 가지 종류인데, 하나는 국물이 있는 것이고, 다른 하나는 비빔 라면이다.

그런데 색깔이 보통 한국에서 나온 라면과는 약간 달랐다.

정확히 말하면 맛깔스럽지 않다고나 할까?

절대 한국에서 먹힐 라면이 아니었다.

국물 라면은 허여멀건 했고, 비빔 라면도 색감이 무언가 부족한 붉은색이었다.

"솔직히 난 이 라면들 내 입맛에 맞지 않아서 억지로 맛보고 있어. 가끔 우리 딸이 와서 신경 써 줄 때, 전적으로 의존했지."

입맛에 맞지 않은 라면.

이게 바로 인도네시아 즉석 라면이기 때문이다.

하지만 그 입맛에 맞지 않은 라면이 어쩌면 노다지가 될 수도 있었다.

일단 그것을 파악하는 게 먼저.

후루룩. 민호가 그 라면을 먹은 후 바로 이야기했다.

"제 기억이 맞는다면, 지난번 인도네시아 출장 갔을 때 한 번 맛본 라면과 거의 똑같은 맛입니다. 비빔 라면도 마찬가지고요. 그때 저도 별로라고 생각했었는데… 우리 입맛에는 맞지 않지만, 앞으로 효자상품이 될 거예요."

마지막에 말할 때에는 빙그레 웃으며 마무리를 지었다.

마주 앉은 정필호도 민호가 믿음직스러운지 비슷한 종류의 웃음을 띠었다.

훈훈한 장래 장인과 사위 관계가 라면을 통해 영글고 있었다.

더구나 다음날은 드디어 양가 부모님의 상견례가 마련이 되었다.

장소는 프리머스 호텔 뷔페.

민호는 유미와의 추억이 담긴 장소를 잡았다.

평소라면 가격이 비쌌지만, 민호에게는 특별할인권이 있었다.

엄밀히 말하면, 지난번 이곳에서 결혼한 재권이 그에게 그 할인권을 주었기에 날름 받았던 것인데, 생각보다 더 빨리 그 할인권을 활용하게 되었다.

잠시 후 양측 부모님들은 거의 동시에 호텔에 도착했다.

시간관념에 대해서 철저했던 민호와 유미.

그들의 부모님께 교육받았다는 것이 여기서 증명이 되었다.

다만 사고방식은 확실히 달랐다.

예절을 중시하며 약간 고리타분하고 보수적으로 대하는 유미의 아버지와 자식은 자유분방하게 키워야 한다는 민호의 아버지, 김만식은 그 성향 자체가 대단히 판이했다.

이야기하는 도중에도 김만식은 웃으면서 정필호가 약간 거슬릴만한 말까지 던지기 시작했다.

“요즘 애들이 우리 맘대로 됩니까? 그저 자기네들 좋다고 저렇게 붙어 다니지 않습니까? 아마 결혼시키지 않으면, 애라도 낳아 올 겁니다. 하하하.”

“애… 애요?”

그 말에 정필호는 약간 떨떠름한 표정을 지었다.

민호도 속으로 찔끔했다.

잠시 시선을 돌려보니 ‘애’라는 말에 유미의 얼굴도 경직된 게 보였다.

그래서 재빨리 사태 수습에 나섰다.

"장인어른. 저희 아버지가 가끔 웃기지 않은 농담을 즐겨 하십니다. 하하하."

"어쭈? 김민호, 너 아버지 앞에 두고 디스냐?"

"에이, 여보. 사돈어른 보는 앞에서… 적당히 하세요."

평소에 친구처럼 대하는 부자지간.

민호는 이런 자리에서도 격의 없는 아버지의 말투를 보며 살짝 눈살을 찌푸렸다.

그의 어머니 유옥경 여사가 말을 건넸지만, 사실 그녀도 자식들을 기르는 데 거의 방목형이라 크게 개의치 않는 모습이었다.

결국, 민호는 고개를 흔들며 앞에 앉은 유미를 보았다.

그녀는 아까부터 경직된 표정이었기에, 안심시켜주려고 미소를 보여주었다.

그때 이 사태를 진정시키는 레스토랑 직원의 행차.

그들이 음식을 놓는 동안 대화는 끊겼지만, 마음은 오히려 편했다.

"자, 음식들 좀 먹고 이야기합시다."

이번에도 먼저 나선 건 민호의 아버지, 김만식이다.

그는 스테이크를 썰고 나서 포크로 찍더니 옆으로 전달했다.

옆에 있는 유옥경 여사를 챙겨주는 장면처럼 보였는데, 그게 아니라는 게 곧 증명되었다.

"우리 며늘아기 많이 먹으라고 전달!"

"에고, 이 양반. 이제 난 찬밥 신세가요?"

"아니지. 오늘은 사돈댁에게 잘 보여야 해서 말이야. 하하하."

민호는 이럴 줄 알았다는 예상을 하며 고개를 흔들었다.

그러다가 유옥경 여사에서 자신에게까지 온 스테이크 한 점을 앞에 있는 유미에게 주었다.

이제 속편하게 생각하기로 했다. 마음속으로 차라리 있는 그대로의 모습을 보이는 게 진정한 상견례라는 위안으로 삼았다.

좋게 이야기하면 그렇고, 실제로는 부모님 통제에 대해서는 손을 놔 버렸다는 것, 즉, 포기였다.

계속해서 그의 아버지, 김만식이 뭐라고 말해도 듣고만 있었다.

"요즘은 말입니다. 아이는 혼수라고… 혹시 그런 말 들어보셨습니까?"

"흠. 흠."

정필호는 잠시 헛기침을 했다.

사실 그는 상대의 이 방식이 마음에 들지 않았다.

이런 경우에는 그 역시 제대로 표현해야 한다고 생각했다.

"아무리 그래도 애는 결혼식을 올리고 낳아야죠."

"아… 그… 그렇죠. 하하하."

잠시 편하게 던진 말에 제대로 역공을 당했던 민호의 아버지, 김만식.

그 모습을 보며 민호는 오히려 웃음이 났다.

아마 유미도 웃을 것이다.

그 생각으로 앞을 바라보았는데, 여전히 표정이 좋지 않았다.

급기야….

"우욱, 우욱…."

"……!"

소리를 내지 않으려고 노력하는 유미의 모습에 민호의 눈이 커져 버렸다.

저 소리는….

저 소리는….

바로 입덧이 분명했다.

아무리 머리가 좋아도 지금 이 순간을 헤쳐나갈 수 있는 묘수가 떠오르지 않았다.

머릿속에 하얘지고, 눈앞이 깜깜해지는 그 순간 여러 시선을 느낀 나머지 잠시 오른쪽으로 눈을 돌렸다.

부모님과 장인 장모님의 얼굴을 볼 수 없었기에 돌린 그 방향에, 자신의 여동생 민경이 놀란 토끼 눈을 하고 있었다.

심지어 그녀는 입 모양으로 이렇게 말했다.

(설마… 임신…?)

당연히 반응하면 안 된다.

잠시 호흡을 가다듬고 있었는데, 뒤에서 숨소리가 고르지 못한 누군가의 소리가 들려왔다.

돌아보지 않아도 알 수 있지만, 돌아볼 수밖에 없는 상황.

가까스로 시선을 돌려서 정필호의 눈과 마주쳤을 때!

흠칫.

정필호의 오른손에 숟가락이 쥐어져 있었다.

〈6권에서 계속〉